평섹사

에르베 위베르 Hervé Jubert 지음

소르본 대학에서 미술사와 현대문학을 전공했다. 2000년에 파리를 떠나, 프랑스 남서부에서 장르 소설 집필에 몰두했다. 《얼굴 없는 군주 Le roi sans visage》로 프랑스 장르 소설계에 화려하게 데뷔한 그는 연달아 8편의 시리즈와 8권의 판타지 소설을 펴냈다. 특히 2013년에 《비밀의 마법 Magies Secrètes》으로 프랑스 판타지 문학 그랑프리 청소년 부문을 수상하면서 그 재능을 입증했다. 이어서 펴낸 《모르겐슈테른 Morgenstern》 3부작은 영어, 스페인어, 러시아어, 중국어로 번역 출간되었다. 현재 남프랑스 갸이약에 살고 있다.

이나래 옮김

연세대학교에서 불어불문학을 전공하고, 동 대학원에서 석사 학위를 받았다. 이후 파리 7대학에서 실험 이론언어학을 공부하고, 서울로 돌아와 불어불문학을 공부하는 여성주의자로 살았다. 현재는 다시 파리로 이사하여, 언어학을 공부하는 여성주의자로 살기 위해 노력하고 있다.

평
섹
사

PAIX SEXE ET AMOUR

에르베 위베르 지음
이나래 옮김

내인생의책

〈차례〉

1

방학

PAIX, SEXE ET AMOUR

"루저들아, 잘 가라! 내년에 보자!"

브리스는 중학교 교정의 조회대에 서서 흩어져가는 학생들을 향해 가운뎃손가락을 들어 올렸다. 교문 옆에서 지켜보고 있는 '미친개' 선생님의 눈을 살살 피해 가면서 말이다. 브리스는 우쭐거리며 학교 버스에 올라타 맨 뒷줄 한가운데 앉았다. 언제나 이곳이 브리스의 지정석이다. 브리스가 하는 말이라면 팥으로 메주를 쑨다고 해도 곧이곧대로 듣는 1학년생[1] 2명과 게임 중독자 테오가 늘 양옆을 지켰다.

---

1 프랑스 중학교는 4년제이며, 우리나라의 초등학교 6학년에서 중학교 3학년에 해당한다. 1학년생은 한국 초등학교 6학년, 4학년생은 한국 중학교 3학년에 해당한다.

뤼카는 어릴 때부터 함께 지낸 브리스의 둘도 없는 친구다. 뤼카는 브리스보다 7줄 앞에 앉아서, 운전석 바로 뒤에 앉은 로라의 목덜미를 뚫어져라 쳐다보았다. 로라는 옆에 앉은 친구와 이어폰을 나눠 끼고, 음악에 맞춰 고개를 까닥이고 있었다.

"방학 만세!"

브리스가 뒤에서 소리를 질렀다.

"방학 계획은 침대에 눕기, 침대에서 자기, 침대에서 뒹굴기!"

"살이 뒤룩뒤룩 찌겠는데."

언제나 시비를 거는 4학년생이 끼어들었다.

"뭐래. 섹스하겠단 소리지!"

"뭐랑? 수달이랑?"

"햄버거 반죽 아냐?"

테오가 이죽거리며 장단을 맞췄다.

"아니, 너네……."

당황한 브리스가 말을 끝내기도 전에, 운전사가 큰소리로 외쳤다.

"브리스, 입 다물고 앉아있어! 알아들어?"

브리스는 팔로 가위 표시를 하고, 머리를 어깨 사이로 쑥 집어넣은 채, 알아듣기 힘든 작은 목소리로 웅얼거렸다.

사실 브리스는 개미 한 마리도 못 죽이는 아이다. 물론 수달도. 오로지 모두에게 민폐를 끼치는 것으로만 자신을 과시하는 귀찮은 녀석이기도 하다.

　　학교에서 출발한 버스가 겨우 교통체증에서 빠져나와 도심 밖으로 향했다. 브리스는 테오와 비디오 게임 이야기를 했다. 대부분의 학생은 자리에 앉아 얌전히 자기만의 생각에 빠져있었다. 뤼카는 여전히 로라의 목덜미를 바라보고 있었다. 입에서는 연달아 한숨이 새어 나왔다.

　　겨울 방학이 시작됐다. 로라는 뤼카와 같은 동네에 산다. 둘은 자연히 자주 마주쳤고, 그때마다 뤼카의 심장은 뤼카에게 그만 항복하라고 외쳐댔다.

　　"사랑해."

　　뤼카가 조용히, 하지만 분명히 속삭였다. 마치 연습이라도 하는 것처럼. 버스는 추잡한 낙서로 범벅이 된 정류장 앞에 멈춰 섰다. 학생들이 차례로 내리고, 브리스도 내리면서 운전사와 뤼카에게 크리스마스 인사를 했다.

　　"로라!"

　　뤼카가 힘을 주어 외쳤다. 소녀가 놀라 뒤돌아보았다. 뤼카는 얼굴이 빨개져서 공연히 헛기침하더니 더듬거리며 말을 이었다.

　　"저…… 전화해도 돼?"

"그럼!"

로라는 고개를 끄떡이고는 다시 뒤돌아 가볍게 발걸음을 옮겼다. 뤼카도 집으로 가려고 뒤로 돌았다. 그리고 브리스와 부딪혔다. 브리스는 팔짱을 끼고, 눈썹을 찌푸린 채로 코앞에 버티고 서 있었다.

"쟤가 그렇게 좋냐? 솔직히 난 쟤의 어디가 좋은 건지 모르겠다."

"내버려 둬."

내버려 둘 리가 있나. 뤼카가 로라를 좋아한다는 사실을 알자마자, 브리스는 뤼카 뒤를 졸졸 쫓아다니고 있었다. 사랑에 빠진 뤼카라니, 끝내주는데!

"야, 키스했냐?"

뤼카는 대꾸도 안 한 채, 브리스를 피해 마을 광장을 가로질렀다. 포도 재배를 하는 부모님의 술 창고로 향하는 막다른 골목으로 들어설 때까지도 브리스는 여전히 따라오고 있었다.

"아직 키스도 안 했어? 뭘 기다리냐? 언제 할 건데? 늙어 죽을 때까지 기다릴래?"

뤼카가 멈췄다. 피가 끓어올랐다.

"로라랑 내 일이야. 참견하지 마."

"내가 안 하면 누가 한다고 그래. 친구 좋다는 게 뭐냐?"

"너나 잘해."

"내가 팁 좀 줄까?"

"그 팁 제발 넣어둬. 내가 알아서 한다고!"

뤼카는 도망치듯 떠났다. 브리스는 따라붙지 않는 대신, 양손을 확성기처럼 모으고 소리쳤다.

"방학 때 로라랑 데이트하고 싶으면 누구한테 연락해야 하는지 알지?"

"내 눈에 흙이 들어와도 너한테는 안 해."

뤼카가 멀리서 답했다.

"내일 봐, 브래드."

"내일 봐, 로꼬."

'브래드'는 뤼카의, '로꼬'는 브리스의 별명이다. 서로의 이름을 본떠서 브리스가 지었다.

"다녀왔습니다!"

브리스는 학교에서는 마치 제 세상인 양 우쭐대지만, 집에만 오면 순한 양처럼 굴었다. 지킬과 하이드가 따로 없다. 외투를 옷걸이에 걸고, 실내화로 갈아 신고 보니 엄마가 오븐에서 마들렌을 꺼내고 있었다. 브리스는 마들렌을 냉큼 집어 먹었다.

"손 데려고 작정했니?"

"배고프단 말예요."

"급식 안 먹었어? 뭐 나왔는데?"

"크리스마스 요리지 뭐."

"칠면조랑 크리스마스 케이크?"

"둘 다 토할 것 같았어요."

"케이크도?"

"그렇다니까."

브리스는 엄마 옆에 바짝 엉겨 붙었다. 벌써 14살이 되는 주제에 마치 7살배기처럼 굴었다.

"아빠는 오늘 저녁에 들어와요?"

"내일 와."

브리스의 아빠는 공사 현장에서 목수로 일하고 있다. 공사 현장은 여기에서 몇백 킬로미터 떨어져 있기에 아빠는 따로 숙소에 머물고 있다. 브리스가 아빠를 못 본 지 벌써 5일이 지났다. 아빠가 보고 싶었다.

"엄마, 우리 맥도날드 갈까요?"

"아니."

"그럼 피자집?"

"아아니."

"그럼 케밥집?"

"계속 할 거야?"

"와, 친엄마 맞아요?"

브리스는 다시 마들렌을 하나 집어 들었다.

"그래도 사랑해요!"

브리스는 방으로 뛰어 들어가 문을 잠그고, 침대로 뛰어 들었다. 침대 맞은편 벽에는 격투 게임에서 뛰쳐나온 악몽 같은 괴물이 발톱을 세우고 있었다.

"너, 다음 판에서는 완전 박살을 내주겠어."

그렇지만 우선······.

브리스는 스마트폰을 꺼내 들었다. 작년 여름 생일 선물 로 받은 스마트폰은 최신 기종은 아니지만, 필요한 기능은 다 갖췄다. 빠르게 문자를 확인했다. 테오가 게임에 접속하 라고 문자를 보내왔다. 그렇지만 그보다 급한 일이 있다. 브리스는 숨겨놓은 입술 모양 아이콘의 애플리케이션을 실 행했다.

"짜잔, 키스챗!"

아랫도리에서 전해오는 짜릿한 흥분을 느끼면서 중얼거 렸다. 첫 페이지부터 노골적인 맨살 이미지가 가득했다. 포 르노 비디오 수십 개가 올라와 있었다. 브리스가 화면을 쓸 어 넘겼다. 다양한 자세를 취하고 있는 여러 여자의 몸이 연이어 지나갔다. 얼마든지 마음에 드는 이미지를 골라잡 을 수 있었다. 브리스는 슈퍼우먼 복장을 한 여자의 사진에서 손을 멈췄다.

"와오, 엉덩이 한번 죽이네!"

브리스는 이어폰을 끼고 동영상을 재생하면서, 팬티 속으로 오른손을 집어넣었다.

"너랑 나뿐이야."

화면 속 여자가 말했다. 여자는 무릎을 꿇은 채 아래에서 위를 올려다보고 있었다. 너랑…… 나뿐.

2

길 찾기 수업

뤼카는 뜬눈으로 밤을 샌 기분이었다. 밤새 로라 꿈을 꿨기 때문이다. 꿈에서 로라와 드디어 약속을 잡았는데, 온갖 것들이 로라를 만나러 가는 길을 방해했다. 간발의 차로 버스를 놓치고 폭풍우가 몰아치는 가운데 걷고 또 걸었다. 핸드폰은 있는데 전화를 할 수가 없었다. 손가락이 계속 잘못된 번호를 눌렀다. 마치 저주에 걸린 것 같았다.

사랑은 사람을 행복하게 만들고, 날개를 달아주고, 하늘을 날게 하는 줄만 알았다. 뤼카는 자신이 머리가 좋은 만큼 좀스럽고, 쇳덩어리처럼 둔하다는 생각이 들었다. 뤼카는 이불을 젖혀놓고, 아침을 먹으러 주방으로 내려갔다. 부모님이 아침을 들고 계셨다. 폭스테리어 루푸스가 꼬리를 흔들며 뤼카를 반겼다. 뤼카는 오렌지 주스를 한 잔 따랐다.

"표정이 왜 그래?"

아빠가 먼저 말을 걸었다.

"완전 좀빈데?"

"고마워요, 아빠. 아침부터 친절하시네요."

"이번 학기는 너무 길었어. 7주라고, 7주. 애 다 죽어가는 것 좀 봐."

"그렇다면야."

엄마가 한숨을 쉬며 말했지만, 아빠는 동의하지 않는 눈치였다.

"사뮈엘 형은 언제 집에 와요?"

뤼카가 화제를 돌렸다.

큰형 사뮈엘, 샘이 호텔 전문학교에 들어가고 나니, 집이 텅 빈 것 같았다.

"31일에만 집에 온대. 잘하면 좀 더 일찍 올 수도 있고. 너도 알다시피 지금 바스크 지역에 있는 미슐랭 레스토랑에서 실습 중이잖니."

뤼카는 고개를 끄덕였다. 그건 알고 있지만, 그래도 샘이 온다면 로라에게 다가갈 좋은 방법을 알려줄 텐데. 뭐라도 브리스의 방법보다는 낫겠지.

잠깐⋯⋯. 그러고 보니 10살 때.

처음 혀를 넣고 키스하면 토하게 된다며 멍청이 형이 날 속였었지. 도움이 안 되는 건 마찬가지겠어. 뤼카가 속으로 혀를 찼다.

"아빠랑 가서 포도나무 가지 좀 칠래?"

"어…… 저 할 일 있어요. 읽을 책도 있고요. 미리미리 해둬야죠."

"방학인데 좀 쉬지 않고."

엄마가 뤼카의 코앞에 접시를 밀어 놓으며 말했다. 접시에는 베이컨과 오믈렛, 따끈한 콩 요리가 가득 담겨있었다. 완벽한 영국식 아침 식사였다. 뤼카가 힘차게 음식에 달려들었다. 근 한 달간 머릿속을 떠나지 않던 로라도, 피곤도 모두 잊은 채로.

조르주 상드의 소설은 나쁘지 않았지만, 뤼카를 책에 빠져들게 만들진 못했다. 그는 책을 내려 두었다가 다시 갈피를 못 잡는 마음을 접어 두기를 반복했다. 온통 로라 생각뿐이었다. 언제, 어떻게, 왜 로라에게 빠졌는지 이해하기 위해 노력했다. 마치 의사가 환자의 증상을 파악하기 위해 질문하듯 고민을 거듭했다.

둘은 같은 반이지만, 바로 옆자리는 아니다. 교실의 자리 배치도 버스 좌석과 별반 다르지 않았다. 브리스는 가장 뒤에, 뤼카는 가운데에, 로라는 첫 번째 줄에 앉는다. 로라는 이번 여름에 전학을 왔다. 뤼카가 알기로는 로라의 부모님이 이혼하는 바람에 엄마를 따라 이사 온 것이다. 로라는 모범생은 아니다. 뤼카와 반대다. 로라는 외향적이고, 잘 웃고, 다른 사람과 곧잘 어울린다. 뤼카는 외톨이였다. 그래서 뤼카가 방정맞은 브리스와 절친이 되었는지도 모른다. 어쨌든, 로라와 뤼카에겐 공통점을 찾아볼 수가 없었다. 길 찾기 수업 전까지는 말이다.

체육 선생님은 120데시벨 이하로는 말할 줄 모르는 냉정한 사람이었다. 어느 날, 선생님이 학교에서 10킬로미터나 떨어진 숲으로 아이들을 데려가더니 길 찾기 수업을 시작했다. 두 사람이 지도를 보고 30분 안에 덤불에 숨겨진 6개의 가방을 찾아야 했다. 대부분의 학생들은 이미 짝을 지었다. 브리스는 테오를 골랐다. 뤼카는 체육하고만 거리가 먼 반면, 브리스는 다른 모든 과목과 거리가 멀기 때문에 체육에서 최대한 점수를 벌어두려고 했다.

"왜 멍하니 섰어?"

짝을 찾지 못한 채, 버스 옆에 어정쩡하게 서 있던 뤼카와 로라에게 체육 선생님이 소리를 내질렀다.

"너네 둘이 같이 해. 자, 출발!"

로라가 지도를 받아 들었다. 그녀가 방향을 정하고, 둘이 함께 달려나갔다. 길 찾기 수업은 생각보다 재미있었다. 보물찾기 같았다. 다른 사람들이 서로 부르는 소리가 들렸다. 가을 숲에 머무니 흥분과 함께 불안감도 찾아왔다. 뤼카는 마구잡이로 커지는 상상을 입 밖으로 내뱉어 로라에게 전하지 않을 수 없었다. 지금 유능하게 그들을 가방에서 가방으로 이끌고 있는 로라에게 말이다.

"멧돼지라도 만나면 어쩌지? 구멍에 빠질 거란 생각, 해 본 적 있어?"

불안감을 못 이긴 뤼카가 불쑥 큰 소리로 말했다.

"여긴 꼭 메로빙거 왕조[1]의 유적지 같아. 어쩌면 마녀가 우리를 기다리고 있을지도 몰라. 우릴 잡아다가 돼지처럼 살찌우고 잡아먹을 거야. 헨젤과 그레텔처럼!"

막 5번째 가방을 찾고, 6번째 가방을 찾아 헤매던 로라가 그 자리에 멈춰 섰다. 그리고 처음으로 분명하게 뤼카를 바라봤다. 뤼카는 그 순간 너무 놀랐다. 로라의 눈망울이 에메랄드처럼 빛났고, 아름다운 가슴 선이 땀으로 젖은 티셔츠에 비쳐 보였다.

"집중 좀 해줄래?"

"하고 있어!"

사실이다. 이 얼토당토않은 상상을 시작할 때만 해도, 텅

---

1 5세기부터 8세기까지 현재 프랑스, 독일 일부 지역을 지배했던 왕조

빈 칠판에 수식을 적어 나가는 수학자처럼 진실했고 직업 정신에 충만해 있었다. 지금 이 순간에도 말이다. 물론 전혀 다른 것에 집중했지만…… 그래서 뤼카는 대담한 시도를 했다. 조금 지나치게 대담했다. 그는 로라의 손에서 지도를 빼앗아 들었다.

"내가 마지막 가방을 찾을게. 나만 따라와."

'따라와'라고 말하면서, 뤼카는 기세등등했다. 19세기에 아프리카 대륙 중심부에 발을 내디딘 탐험가처럼, 모리아에서 탈출하는 프로도처럼, 옴짝달싹 못 하게 된 사원에서 탈출하는 인디아나 존스처럼!

5분 뒤, 그들은 길을 잃었다. 별 놀랍지도 않은 일이다. 로라는 화를 내고, 밀치고, 온갖 욕을 퍼부었어야 했다. 그렇지만 로라는 차분하게 상황을 수습하기 시작했다. 자신들의 발자국을 되짚으며 버스로 되돌아왔다. 차 안에는 이미 모두가 자리에 앉아있었다. 화가 머리 꼭대기까지 난 선생님은 그들이 차 위치를 찾을 수 있도록 운전사에게 경적을 울려달라고 부탁할 참이었다. 둘은 친구들의 야유 속에서 자리를 찾아 앉았다. 학교에 도착하자, 브리스는 뤼카를 따로 끌어내 음흉한 웃음을 지으며 슬쩍 물었다.

"일부러 길 잃은 척한 거지? 어디 조용한 데 가서……. 응? 잤나?"

길을 못 찾은 두 사람은 0점을 받았다. 그렇지만 그 순간, 둘은 무언가를 함께 했다. 그 이후, 뤼카는 로라를 은밀히 관찰하기 시작했다. 관찰은 이내 집착이 되었다. 길은 못 찾으면서 쓸데없이 상상력만 풍부한 가엾은 청소년에게 로라는 일절 관심을 주지 않았지만 말이다.

"완전 한심 그 자체였어."

뤼카가 말했다.

"헛소리만 실컷 늘어놓고."

이 엉뚱한 욕망을 단념하겠다고 다짐하고 조르주 상드의 소설을 다시 집어 들었다. '난 사랑에 빠졌어. 그렇지만 일방통행이야. 그만할 거야. 그만 생각해야지.'

"안녕? 불알친구!"

브리스가 불쑥 방으로 들어왔다. 패딩을 아무렇게나 던져두고, 책상 의자를 침대맡에 끌어다 앉았다. 뤼카는 손을 모으고 미간에 주름을 새기며, 아무 말 하지 않고 브리스를 몇 초간 응시했다.

"엄마가 널 들여보내 줬어?"

"어른들이 날 워낙에 좋아하잖냐."

이어지는 침묵 속에서 노련한 브리스가 애송이 뤼카의 상태를 주시하고 있었다.

"뭐!"

애송이가 참지 못하고 짜증을 내자 기다렸다는 듯이 브리스가 선수를 쳤다.

"마술 하나 보여줄까?"

뤼카가 한숨을 쉬었다. 마이약[1]의 알베르 카뮈 중학교, 4학년 D반 브리스 캄파뇰. 대체 또 무슨 일을 꾸미고 있을까?

"폰 줘봐."

"왜?"

"아, 일단 줘보라고."

뤼카는 브리스가 달라는 대로 핸드폰을 내줬다. 브리스는 번개 같은 속도로 엄지손가락을 놀려 문자를 보냈다.

"야, 너 뭐 하는……."

브리스는 검지를 입에 대고 친구를 조용히 시켰다. 메시지 전송을 완료했다는 신호음이 들렸다. 브리스는 핸드폰을 침대로 던졌다. 불안이 엄습한 뤼카가 문자 메시지 함을 열었다. 브리스가 보낸 메시지를 확인하자마자 뤼카가 비명을 질렀다.

"안 돼!"

> 로라, 안녕! 나, 뤼카야. 아멜리한테서
> 네 번호 받았는데, 같이 영화 보러 갈래?

뤼카

---

1 프랑스 남서부에 위치한 작은 마을

별안간 생각지도 못한 데이트 신청을 하게 되어버린 뤼카가 핸드폰을 집어 던지고, 브리스를 노려봤다.

"너 이 새끼, 죽여버릴 거야!"

"야야, 참아. 내가 기껏 번호 알아 왔잖아. 게다가 네 말투도 그대로 베꼈어. 문법도 안 틀렸다, 야."

"네가 뭔데 이딴 짓을 해!"

"이딴 짓이라니. 널 이렇게 구원해줬는데? 사랑에 빠진, 내 사랑 뤼카야. 너도 그걸 알아둬야 해. 네가 잠자코 있는데 여자애가 '잡아 줍쇼.' 하고 들이대는 일은 없어. 자, 벨트 차고."

불쌍한 뤼카의 머릿속은 온갖 생각이 뒤섞여 혼란스러웠다. 브리스는 분명히 선을 넘었다. 그렇지만 뤼카를 위한 일이기도 했다. 게다가 맞는 말이다. 이렇게 로라를 오랫동안 바라봤다면, 이제 행동으로 옮겨야 했다. 그렇지만 너무 강압적이었다. 아직 준비가 되지 않았다.

"넌 진짜 죽었어."

뤼카가 다시 말했다. 행동으로 옮기려고 마음먹은 찰나에 핸드폰이 울렸다. 신호음이 브리스의 목숨도 살리고, 뤼카가 감옥에 가는 일도 막았다. 뤼카가 문자를 읽었다. 그는 도저히 자기 눈을 믿을 수 없었다. 브리스가 핸드폰을 낚아챘다. 로라의 답장이었다.

로라

좋아! 3시 어때? 영화는 네가 골라.
우리 엄마가 데려다준대.

브리스는 핸드폰을 뤼카에게 돌려주었다. 뤼카는 눈이
반짝거리다 못해 마치 무지개를 따라 환상의 세계로 건너
가는 토끼 같아 보였다.

"자, 내가 아까 뭐랬지?"

마술사 브리스가 우쭐대며 물었다.

3

무중력에서
부는 바람

PAIX, SEXE ET AMOUR

정오 즈음해서 큼직한 눈송이가 떨어지기 시작했다. 뤼카는 부모님과 점심을 먹은 뒤, 부엌 창가에 코를 처박고, 조금씩 환상의 세계로 변해가는 바깥 풍경을 보고 있었다. 불현듯 두려워졌다. 로라의 엄마가 갑자기 일이 생겨서 영화관에 데려다주지 못하면 어쩌지? 그 순간 다시 문자가 왔다. 겨우 안심했다. 데이트 예정은 그대로 속행이다. 이제 아무도 로라와의 만남을 막을 수 없다.

　뤼카는 처음으로 점심을 먹자마자 이를 닦았다. 머리를 감고, 젤을 바를지 말지 고민하고, 좀 더 남자답게 보이려고 머리를 만져보다 이내 포기했다. 거울은 단 한 번도 그의 편이었던 적이 없다. 저금통에서 10유로를 꺼냈다. 엄마한테서도 용돈 10유로를 받았다. 좋아, 군자금은 넉넉해! 서로 다른 신발 끈이 달린 빨간 농구화를 꺼내 신었다. 그가 가장 좋아하는 신발이었다. 그리곤 곧장 로라의 집으로 달려갔다.

볼과 코끝에 차가운 공기가 스쳐 갔다. 눈송이가 붙어서 점점 쌓였다. 감각이 예민해졌다. 볼이 발간 로라가 문을 열어줬다. 뤼카가 집으로 들어가자, 로라가 엄마를 불렀다.

"엄마, 가요!"

로라의 목소리는 마치 금화를 쌓아놓은 산 아래에 잠들어있는 용을 깨우는 듯 우렁찼다. 로라의 엄마는 몇 분 후에 희미한 미소를 띤 채, 계단을 내려오며 그들을 놀렸다.

"너희 정말 가고 싶은 거 맞니?"

그녀의 남편은 불과 6개월 전에 젊은 여자랑 바람이 나서 그녀 곁을 떠났다. 눈치채지 못한 사이 벌어진 사건에 그녀는 한동안 일상에 돌아오지 못했다. 그러나 이제는 지금과 같은 소소한 행복이 그녀의 일상으로 돌아왔다. 지금 그녀는 그 행복을 즐기고 있었다. 뤼카는 착한 아이다. 그리고 로라도 모든 걱정을 잊은 듯 보였다.

"지금 시간이……."

"엄마!"

"좀 이른 것 같지 않니?"

"엄마 제발 좀……."

"아이고, 알았어. 가자."

뤼카와 로라는 뒷좌석에 앉았다. 엄마는 운전석에 앉아 룸미러로 잠깐씩 뒤를 훔쳐봤다. 아이들은 얌전히 앉아있었다. 라디오를 틀어 놔서 아이들이 무슨 이야기를 하는지는 들리지 않았다. 뤼카의 손은 오른쪽, 로라의 손은 왼쪽 자리에 얌전히 놓여있었다. 손도 잡고 있지 않았다. 엄마는 그제야 아이들을 훔쳐보는 일을 그만두었다.

영화관에는 사람이 바글거렸다. 줄을 서러 가는 아이들을 남겨놓고 엄마는 떠났다. 뤼카와 로라는 겨우 단둘이 남겨졌다. 머릿속에서는 폭풍우가 몰아치고 있었지만, 뤼카는 비밀 요원이 적을 심문할 때처럼 차분하게 있으려고 안간힘을 쓰고 있었다. 내가 로라 몫의 티켓도 사야 하는 걸까? 영화 끝나고 함께 카페에 가서 음료수라도 마시고 싶은데. 크레이프도 좋지. 근데 그러려면 돈이 모자랄지도 몰라. 이를 어쩐다?

로라가 먼저 매표소로 걸어가 자기 표를 사고, 뤼카가 자기 표를 사도록 옆에서 기다려준 덕에 그의 심각한 고민은 해결됐다.

"1관 입장하세요."

직원이 말했다. 뤼카는 앞장서서 그의 공주님에게 문을

열어주었다. 로라는 기품 있게 고개를 끄떡이며 감사를 표시하고 상영관으로 들어갔다.

둘은 상영관에 혹시 학교 친구들이 있는지 살폈다. 인기 좋은 최신 픽사 영화를 보러 온 이상, 뒤에서 남 얘기하기 좋아하는 녀석들이 어디선가 불쑥 튀어나올지 모른다. 다행히 상영관 내부는 이미 깜깜했다. 둘은 어둠을 틈타 눈에 띄지 않게 자리에 앉을 수 있었다. 그들은 별다른 말 없이 3번째 줄 가운데에 함께 앉았다. 외투는 옆자리에 벗어둔 채, 가만히 앉아 눈앞의 어둠을 응시했다. 광고가 상영되는 동안, 뤼카는 슬며시 로라를 훔쳐보았다. 로라도 똑같이 뤼카를 훔쳐보고 있었다. 그들은 드디어 아무것도 서로를 가로막지 않는 상태에서 서로를 마주했다. 앞으로 1시간 30분 동안, 많은 일이 벌어질 수 있다. 로라는 엄마의 불행을 목격한 이후로 사랑을 불신하게 되었다. 그런데 지금 이 순간, 그녀의 심장이 날뛰는 조랑말처럼 달리고 있다는 것을 깨달았다. 그러나 고통스럽지는 않았다. 오히려 그 반대였다.

지역 광고가 이어졌다. 광고에 나오는 미용실이나 식당, 잡화점에 대해서 둘은 아무렇게나 떠들었다. 뒤에 앉은 사람들이 조용히 하라며 쉿- 소리를 내자 겨우 그들은 영화가 시작한 것을 깨달았다.

픽사 영화는 감동적이었다. 화려한 CG도 관객들 입을

딱 벌어지게 했다. 멋진 이야기와 감동적인 인물들. 그들의 시야는 화면으로 가득 찼다. 그들의 귀는 영화 음향이 가득 메웠고, 그들 사이에는 어떠한 말도 오가지 않았다. 그럼에도 뤼카와 로라는 영화에 집중하지 못했다. 그래서 나중에 영화를 다시 봤을 때, 마치 처음 보는 것 같았다.

그들은 이미 자연스럽게 손을 잡고, 깍지를 끼고 있었다. 그리고 놓지 않았다. 엄지손가락으로 손등을 문질렀다. 피부가 짜릿했다. 이상한 기운이 한 몸에서 다른 몸으로 흘러갔다. 키스는 하지 않았다. 그저 고개를 돌리고, 서로를 바라보며 미소 짓는 것에 만족했다. 이 미소에는 다가올 행복이 담겨 있었다.

영화가 끝났다. NG 장면이 뒤를 이었다. 엔딩 크레딧도 올라갔다. 불이 켜졌다. 관객들이 일어나 상영관을 빠져나갔다. 뤼카와 로라는 이 순간이 계속되기를 바라며 가만히 자리에 앉아있었다. 순간, 둘 중에서 그나마 더 현실적인 소녀가 소년을 쳐다봤다.

"영화 끝났어."

로라의 입술이 뤼카의 입술에 몇 센티미터 앞으로 다가왔다. 두 사람의 심장이 뛰기 시작했다. 뤼카의 심장이 너무 세게 뛰어서, 로라는 그를 앞으로 밀어냈다. 그때, 뒤도 생각하지 않고 뤼카가 로라에게 키스했다. 조급한 키스였지만 황홀했다. 뤼카는 우주에 관련된 모든 걸 좋아한다. 그러나 지금 이 순간만큼은 하늘의 별들보다, 너울거리는 오로라보다, 초신성보다 아름다웠다. 로라는 살짝 뒤로 물러서서, 머리를 기울이고, 백마 탄 왕자님의 뺨을 쓰다듬었다.

"내 외투 좀 줄래?"

뤼카는 로라의 외투를 건네며 자기 것도 챙겨 입고, 영화관 밖으로 따라나섰다. 둘은 같은 바람을 타고 걸으면서도 손을 잡지는 않았다. 사람이 너무 많았다. 게다가 저 구석에서 로라의 친구들이 나타나 로라에게 다가오고 있었다. 뤼카는 영화 전단을 뒤적이며 유심히 읽는 척했다. 계획대로 크레이프나 음료수를 먹으러 가고 싶었다. 그렇지만 앞으로도 시간은 많다. 둘만의 시간.

로라는 5분 후 그에게 다시 돌아왔다.

"미안해, 애들이 너무 달라붙네. 너랑 뭐 할 건지 물어보더라."

"뭐라고 했어?"

"아무것도 안 한다고 했지."

"얘들아! 영화는 어땠니?"

로라의 엄마가 도착했다. 로라는 행복해 보였고, 뤼카는 그새 키가 몇 센티미터 자란 것처럼 보였다.

"어? 영화?"

로라가 마치 수영장에서 나온 것처럼 되물었다. 얘들은 어디에다가 정신을 팔고 있었던 건지. 로라의 엄마는 만족해했다.

올 때와 마찬가지로 갈 때도 조용했다. 그렇지만 이번에는 두 손이 포개져 있었다. 눈은 계속 떨어지고, 들판과 도로와 나무를 덮었다. 뤼카는 집 앞에서 내렸다. '문자 할게.' 새로운 연인이 약속했다. 뤼카는 차에서 뛰어내리자마자 집으로 내달렸다. 농구화에 먼지가 잔뜩 묻었다. 현관에서 운동화에 눈을 털어내고, 외투를 벗고, 부엌으로 들어갔다. 엄마가 차를 마시고 있었다.

"어땠니?"

"끝내줬어!"

뤼카는 빵에 버터를 발라 방으로 가져갔다. 핸드폰을 켰다. 문자가 와 있었다. 로라가 벌써? 아니, 브리스겠지. 뤼카는 문자 내용조차 확인하지 않았다. 브리스는 그가 로라와 '했는지'를 물을 게 뻔했다. 변태 스토커 녀석을 만족시켜 줄 필요는 없다.

뤼카는 침대에 누웠다. 로라에게 문자를 보내고 싶어 안달이 났지만, 너무 빠른 것이 아닌가 무서웠다. 경험도 풍부하고, 이 상황 자체를 통제할 줄 아는 그런 느긋한 사람이라는 인상을 주고 싶었다. 그렇지만 손가락은 허락만 내려진다면 문자가 아니라 장편 소설이라도 써서 보낼 것처럼 빠르게 이불 위를 헤매고 있었다. 뤼카의 인내심은 고작 15분짜리였다. 이불 접힌 곳에 있던 핸드폰을 찾았다. 진동 소리가 들렸다. 로라야! 로라가 문자를 보냈어! 심장이 뛰었다. 뤼카가 핸드폰을 열었다.

브리스가 링크를 보내왔다. 어떤 유튜버가 콘돔 착용법을 설명하고 있었다. 뤼카는 브리스에게 잘 어울리는 이모티콘으로 답장을 보내려고 했다. 그렇지만 손가락을 잘못 놀렸다.

"안 돼!"

이미 문자는 가버렸다. 뤼카는 로라에게 이 링크가 담긴 문자를 보내버렸다.

"아냐, 안 돼, 아니야, 이건 아니야!"

뤼카는 독사로 변신이라도 할 것처럼 이불 위에 놓인 핸드폰에 눈을 고정시키고 중얼거렸다. 뤼카는 이 유치하고 멍청한 링크를 로라에게 보내버렸다. 로라가 그를 뭐라고 생각할까? 그렇게 오래 기다릴 필요는 없었다. 로라가 보낸 건 단 한 단어였다.

뤼카는 문자를 읽고 또 읽고, 열 번은 반복해서 읽었다.

"멍청이."

뤼카가 따라 읽었다. 브리스도 멍청이다. 터치스크린을 발명한 놈도 멍청이다. 그는 두 손을 불끈 쥐고 용기를 내어 로라의 번호를 눌렀다. 받았다. 감이 좋았다.

"로라, 들어봐. 진짜 미안해. 잘못 누른 거야. 이건 브리스가 보낸 거고… 나는 그런 사람 아니야."

전화가 끊겼을 때, 뤼카는 손을 떨고 있었다. 벽에 머리를 처박고 싶은 심정이었다. 전화벨 소리에 소스라치게 놀랐다. 전화를 받았다.

"했냐?"

"브리스, 이 개자식아!"

뤼카는 핸드폰을 끄고, 침대로 집어 던졌다. 그리고 욕실로 들어가서 거울을 봤다. 이번만큼은, 바로 이 시점에서 뤼카 자신이 생각하는 모습 그대로 거울에 비쳤다. 그가 똑똑히 말했다.

"뤼카 라카사뉴, 넌 어쩔 도리가 없는 얼간이야."

4

은밀한 손님

브리스는 센 척하고는 있지만, 실은 여린 마음의 소유자다. 브리스에게 무엇보다 소중한 것은 우정이다. 하루에 50번도 넘게 생각하는 섹스보다 더 소중하다. 섹스와 관련해서, 그는 때가 되면 자신의 능력이 진가를 발휘할 거라고 믿고 있다. 소녀들은 그를 차지하기 위해 각축을 벌일 것이다. 의심할 여지가 없다. 그의 매력과 경험은 참사를 불러일으킬 것이다. 비록 가상의 경험일 뿐이지만, 인터넷이란 현대의 가장 좋은 교육기관이니까!

그렇지만 우정은 다르다. 브리스는 여자 친구가 없다. 그의 눈에 인류의 여성이란 필수적이긴 하지만 무시 받아마땅한 족속들이다. 포르노 비디오에서 그녀들이 뭘 하고 있는지 보라지! 그에 비해 남자들의 우정은 순수하다. 원탁의 기사들의 진정하고 고귀한 힘은 바로 우정이다. 그의 절친 뤼카는 형제와 다름없다. 그런 그가 자신을 개자식 취급했다.

"앤 또 왜 지랄이지?"

브리스가 핸드폰을 내려다보며 말했다. 눈빛으로 불이라도 켤 기세였다. 곧장 날아가면 200미터도 안 될 뤼카네로 전화를 했다. 안 받았다.

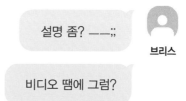

브리스는 뤼카에게 연달아 문자를 보냈다. 뤼카의 핸드폰으로 로라에게 보냈던 메시지에 비하면 문법이 엉망진창이었다. 뤼카는 답이 없었다. 비디오를 보고 놀랐나? 그럴 리가 없는데! 이미 뤼카에게 훨씬 더 쓰레기 같은 비디오를 자주 보여줬었다. 학교 버스 뒷자리에 앉아서, 기겁하는 작은 1학년생들 앞에서, 브리스는 언제나 핸드폰으로 포르노 비디오를 재생했었다. 늘 그의 친구는 시선을 돌렸지만 말이다.

드디어 뤼카가 답장을 보내왔다. 이쯤 되니 브리스도 짜증이 나기 시작했다. 이번 겨울 방학을 이렇게 시작할 순 없다. 있을 수 없는 일이다. 무슨 일인지 알아야겠다.

로라한테 전화해서 물어본다? 잊었나 본데, 나 걔 번호 알아.

브리스

뤼카

재밌겠네. 어디 해보든가.

브리스는 갈 데까지 갔다는 것을 알아챘다. 심각한 일이 벌어졌다. 로라의 잘못이 분명하다. 다른 화끈한 녀석들과 놀아난 후에, 로라가 마음을 바꾼 것이다. 뤼카, 잘 가. 넌 너무 착해서 재미없어. 자, 다음!

브리스는 침대에서 튀어나왔다. 뤼카가 핸드폰을 받지 않는다면 집 전화가 있다. 그가 홀로 불행 속에 틀어박히고 싶다고 하더라도, 브리스는 함께 폭풍우와 늑대들에 맞설 것이다. 그를 만나자. 그의 사기를 높이자! 우리는 똘똘 뭉쳐서 하나의 적에 맞선다! 단 한 명의 여자에게! 거실에서 집 전화기를 찾아 들고 화장실로 가서 문을 잠갔다. 뤼카네 집 전화번호는 외우고 있었다.

"여보세요?"

"안녕하세요. 어머니, 저 브리스예요. 혹시 뤼카랑 지금 통화 가능한가요?"

잠시 침묵이 흘렀다. 21세기 부모들은 청소년들이 핸드폰이나 비디오게임 헤드폰 외의 것으로 연락하는 것, 그들의 중계를 거쳐 가는 것에 익숙하지 않다.

"잠깐만."

무선 수화기 너머로 뤼카의 어머니가 뤼카의 방으로 가는 소리가 들렸다. 브리스는 소리를 들으면서 뤼카의 집을 떠올렸다. 복도 그리고 방….

"뤼카, 브리스한테서 전화 왔다."

투덜거림. 다시 닫히는 문소리 그리고 침묵.

"뤼카? 들려? 인터넷에 빠졌냐?"

"용건이나 말해."

뤼카의 목소리에서 얼음장 같은 차가움이 느껴졌다. 브리스의 등에 식은땀이 흘렀다. 자기 친구는 이렇게 차가운 목소리로 말한 적이 없다.

"어… 알아볼까 해서?"

그는 머릿속으로 로라를 비난할 장광설을 준비하고 있었다. 이혼 부부의 딸이 자신들의 불알을 걷어차게 놔둘 수는 없다. 절대!

"전화기 네가 가지고 있니?"

브리스의 엄마가 물었다.

"네! 저 화장실이에요!"

이번에는 캄파뇰 댁에 침묵이 흘렀다. 21세기 청소년이 언제부터 집 전화를 들고 화장실에 처박혔던 말인가?

"빨리해! 아빠 곧 오신다. 저녁 시간이야."

"네, 엄마!"

수화기 너머에서 여전히 뤼카의 숨소리가 들렸다.

"너네 엄마가 끊으라시잖아."

또다시 식은땀이 흘렀다. 상황은 그가 상상했던 것보다 훨씬 심각했다. 뤼카는 연쇄 살인마처럼 굴고 있었다. 브리스는 3번째 희생자가 될 것이다. 빠르게 도망치지 못하고, 천천히 죽어가는 3번째 희생자 말이다.

"무슨 일인지 제발 좀 말해줘."

'제발'이라는 말이 통했다. 뤼카는 로라에게 문자를 잘못 보낸 경위와 로라의 반응을 이야기해줬다. 브리스는 웃음을 터뜨리고 난 후에 한숨을 쉬었다. 그리고 약간의 불만 섞인 목소리로 말했다.

"냅둬! 걔는 농담도 못 알아듣는다냐?"

"그걸 보낸 게 나라고! 난 걔한테 그런 문자를 한 번도 보낸 적 없어."

"최소한 어떻게 해야 할지는 알잖아. 걔한테 네가 그만큼 중요하지 않다는 거야. 까짓 여자 한 명 잃으면 어때. 열 명쯤 새로 만나면 되지!"

브리스는 이 마지막 말이 실수라는 걸 이내 알아챘다. 놀릴 일이 아니었다. 뤼카가 로라에게 느끼는 감정은 바로 사랑이었다. 만약 이 사랑이 상호적이라면, 콘돔 사용법 링크를 보낸 것은 정말 큰 실수였다. 그렇지만 동시에, 뤼카는 실수했을 뿐이다. 좀 더 조심했어야 했다. 그뿐인 문제였다.

"하나를 잃고, 열을 새로 찾으면 된다고?"

"고럼!"

"네가 알아야 할 게 하나 있어."

"뭐?"

"넌 형편없는 허언증 환자야!"

그리고 뤼카는 전화를 끊었다. 브리스는 뤼카가 코앞에서 문을 쾅 닫아버린 느낌이었다. 브리스는 왕좌에서 내려와 물을 내리고 화장실에서 나왔다. 뒤통수를 한 대 얻어맞은 느낌이었다.

"아픈 건 아니지?"

엄마가 그의 안색을 살피며 걱정했다. 엄마는 밀가루 반죽을 가지고 키슈[1]인지 타르트인지 뭔지를 만들고 있었다.

---

1 반죽 위에 달걀과 생크림, 각종 고기나 채소, 치즈를 넣고 오븐에 구운 요리.

"아니요, 그건 아닌 것 같아요."

브리스는 수화기를 받침대에 올려놓고 방으로 돌아갔다. 혼잣말을 시작했다. 엄마가 그 혼잣말을 들었다. 허언증 환자? 내가? 얘가 헛소리를 다 하네.

브리스의 부모님은 그들의 침대 위에, 이불을 덮고, 서로 멀찍이 떨어져 있었다. 일주일 동안 일 때문에 떨어져 있다가 겨우 만났다. 갈수록 견디기 힘든 일이었다. 그렇지만 그들이 선택할 수 있는 문제가 아니었다. 그는 목수다. 사람들은 베르사유풍 마루나 맞춤 계단, 맞춤 서재에 더는 돈을 쓰지 않는다. 고객을 찾기 위해서는 더 멀리 나가 일할 수밖에 없다.

브리스의 아버지 디디에는 눈 때문에 예정보다 늦게 집에 들어왔다. 아들은 자고 있었다. 그는 차를 마당 차양 아래 주차하고, 키슈 한 조각을 집어 먹고, 아내를 두 팔에 안아 들었다. 야만인의 전리품인 양 그녀를 안아 들고 부부 침실로 향했다. 브리스의 아빠는 힘이 셌다. 진짜 바이킹이다!

그들은 막 섹스를 끝낸 참이다. 마리로르는 남편의 어깨에 머리를 기댔다. 그들은 여전히 뜨거웠다.

"애는 잘 지내?"

"오늘 좀 이상해. 뤼카랑 싸웠나 봐."

"분명히 여자 때문일 거야."

"그러시겠지. 왜 아니겠어."

"사과와 뱀, 에덴동산을 잊지 말라고."

마리로르는 오랜만에 집에 돌아온 남편의 가슴을 쓰다듬기 전에 한 대 툭 쳤다.

"이렇게 오래 떠나있는 거 싫어."

"알아."

그들의 마음에 꼭 들어버린 이 집의 대출금을 갚기 위해서는 돈이 필요했다. 이 집은 조금 비쌌다. 그녀도 맞벌이로 구급대원 일을 하고 있다. 두 사람이 함께 대출금을 거의 갚았다. 그러나 이를 위해서는 희생이 필요했다.

"또 가야 할 현장 없지?"

다음 주에는 집에 있기로 약속했다. 5일 후면 크리스마스다. 그리고 집의 들보 하나를 보강해야 했다.

"다른 일은 없어."

그가 확언했다. 그는 벽난로 위에서 가볍게 떨리는 촛불의 희미한 불빛 아래에서 자신의 아내를 그윽한 눈빛으로 바라보았다.

"아, 있네. 앞으로 며칠 동안 할 공사. 당신한테 키스하는 일이야, 여기랑 여기… 그리고 여기도…."

그는 말만으로 그치지 않았다.

그들은 잠에 빠져들었다. 그리고는 동시에 잠에서 깼다. 야행성이 분명하다. 라디오 알람 시계가 자정을 막 지나, 0시 15분을 가리키고 있었다. 마리로르가 컵에 물을 따라 다시 침대로 들어왔다. 그녀는 가장 편한 자세를 찾아 뒤척였다. 그리고 다시 끊어졌던 대화를 이었다. 평일에 한 일들, 아주 소소한 일들부터 예상치 못한 상황까지.

"내 숙소 이야기를 했던가?"

"아니."

"호텔…이 좀 독특해."

"어떻게?"

"쉬어가는 호텔인 것 같아."

그는 아내에게 고백하기 전에 좀 망설였다. 물론 그 자신은 '쉬어가는' 호텔에서 '쉬지' 않았다. 호텔 '터미널'은 터미널 바로 앞에 있다. 이름과 위치가 똑같아서 조심해야 한다.

"거기에 성매매 여성들이 있다는 이야기야?"

"음…… 여하튼 섹시한 여자들이 매번 다른 남자들과 들락날락해. 퍼레이드가 따로 없어."

"당신은 당연히 할 생각 없지?"

"돈 없는 예술가가 아니었다면…."

몸싸움이 시작되었다. 허리께를 움켜잡았다. 브리스의 부모님은 확실히 기운이 좋다. 갑자기 그들이 멈췄다. 바깥에서 소리가 났다. 양철통이 엎어지는 소리다.

"들었어?"

디디에는 빠르게 일어나서 옷을 입었다. 마리로르는 이불 속에 웅크리고 있었다.

"들개겠지."

"가서 보고 올게. 여기 있어."

그는 전등도 켜지 않고 현관으로 내려갔다. 맨발에 장화를 신었더니 자꾸 발이 미끄러졌다. 아내의 소방관 파카를 챙겨 입고 현관문을 열었다. 디디에는 바로 헛간으로 향하는 발자국을 발견했다. 발자국은 그가 차를 주차해놓은 차양에서 시작되었다. 차양 아래에는 정원 관리용 물품들이 쌓여있었다. 작은 맨발 발자국이 찍혀 있었다. 승합차의 트렁크가 열려있었고, 양동이는 은밀한 손님 발에 걸려 뒤집혀 있었다.

브리스의 아빠는 심란했다. 그는 이 며칠의 휴가를 차분히 즐기고 싶었다. 만약 어떤 이민자가 그의 승합차를 셔틀이나, 망슈[1]로 가는 기차로 생각하고 탔다면, 영국은 아직도 매우 먼 곳에 있다는 걸 금세 깨닫게 될 것이다.

---

1 프랑스 북쪽에 위치한 도시. 영국과 해협을 마주하고 있다. 많은 미등록 이주자 혹은 난민들이 망슈에서 영국으로 넘어가려고 시도한다.

그는 살금살금 헛간까지 걸어갔다. 장화가 눈에 푹푹 잠겼다. 끔찍한 추위였다. 몸이 떨리기 시작했다.

그는 문을 당겼다. 안으로 달빛이 비쳤다. 그는 안에 숨어있는 사람을 잡아다가 '사유지'의 의미를 단단히 알려줄 작정이었다.

"살려주세요······."

잔디 깎는 기계와 퇴비 통 사이에서 쭈그린, 얇은 속옷만 입은 어린 여자아이가 오들오들 떨며 간청했다.

"살려주세요······."

클레르의 일기

내 이야기를 쓰기로 했다. 나에게 무슨 일이 일어날 경우를 대비해서. 제발 흔적이라도 남았으면.

거리에서 내 이름은 클라라다. 가명이다. 다들 이름이 'ㅏ'로 끝난다. 스텔라, 바버라, 프리실라. 섹시하기도 하지. 그렇지만 나는 클레르가 좋다. 내 두 번째 삶에서는 클레르라는 이름을 쓸 생각이다. 훨씬 예쁘니까.

나는 16년 전에 동유럽의 한 나라에서 태어났다. 농사를 짓던 부모님과 대가족. 끔찍해. 그래도 난 학교에서 성적이 좋았다. 특히 프랑스어. 인권의 언어. 자유, 평등, 박애. 난 통역사가 되고 싶었다.

그리고 어떤 늑대와 사랑에 빠졌다. 그는 날 도와주고 싶어 했다. 내가 프랑스에 정착해서 꿈을 이룰 수 있게 해 주겠다고 했다. 난 그를 믿었다. 난 예뻤고, 내 나이처럼 보이지 않았다. 이상적인 먹잇감이었다.

그는 날 툴루즈로 데려왔다. 내 여권을 빼앗았다. 고분고분하게 말을 듣지 않으면 가족들에게 안 좋은 일이 일어날 거라며 날 협박했다. 그때 깨달았다. 늑대는 다른 여자애들을 찾으러 다시 떠났다. 나는 남겨졌다. 창녀로.

6개월 동안 나는 고분고분했다. 돈도 많이 벌었다. 늑대는 나를 작은 아파트에 살게 했고, 내 여권도 돌려줬다. 나는 몇백 유로를 몰래 숨기는 데 성공했다. 그렇지만 도망칠 수는 없었다. 반항하는 사람의 가족들에게 그들이 무슨 짓을 하는지 알고 있었다. 도망치는 사람들은 죽었다.

터미널이라는 작은 호텔로 옮겼을 때, 상황은 바뀌었다. 나는 절대 보지 말아야 할 것을 봐버렸다. 그들도 내가 봤다는 것을 눈치챘다. 나는 도망쳤다. 지금부터 나는 살해당할지도 모른다.

나는 열심히 뛰었다. 악몽 같은 길, 일직선으로 뻗은 길, 빠져나갈 구멍이 없는 그 길. 승합차의 트렁크가 열려있었다. 나는 그 안으로 뛰어들었다. 운이 좋았다. 차 주인이 그 순간 호텔을 빠져나가기 위해 트렁크 문을 닫고, 천막을 치고, 트렁크에 여자애가 숨어있을 수 있다는 생각은 추호도 하지 않은 채 출발하지 않았다면, 늑대의 부하들은 날 찾아냈을 것이다. 추격자들이 서로 부르는 소리가 들렸다. 그렇지만 우리는 점점 멀어져 갔다. 나는 무사했다. 비록 어디로 가는지 모를 목수의 승합차 트렁크에서 거의 발가벗은 채로 떨고 있었지만. 어쨌든 악몽에서는 멀어져 갔다.

승합차는 오랫동안 달렸다. 한 시간도 넘었다. 도시를 떠나, 고속도로를 지나 작은 시골길을 달렸다. 시골 마을에 눈이 쌓여있었다. 도시에서는 눈이 내리자마자 쌓일 틈도 없이 녹아 버린다. 마침내 차가 농장 안 차양 아래 멈춰 섰다. 차 주인은 승합차에서 내려 그의 집으로 들어갔다.

난방이 있을 때는 견딜 만했다. 하지만 지금은 추위가 차 안을 휩쓸었다. 사방의 추위가 살을 에는 듯했다. 결정을 내려야 했다. 헐벗은 채로 한겨울 오밤중에 위험을 무릅쓸 수는 없다. 여기까지 데려다 준 운전사에게 도움을 요청해야 할까? 뭐라고 설명하지? 경찰에 연락하면 늑대가 날 찾을 텐데. 그건 틀림없다. 그럼 어쩌지?

얼마나 지났을까. 추위는 이제 참을 수 없는 지경이었다. 나는 문을 열어 위험을 감수하고 밖으로 나가기로 했다. 최악이었다. 끔찍했다. 얼음장 같은 공기가 말 그대로 살과 뼈를 찢고 지나갔다. 공포가 다시 엄습했다. 여기서 죽고 싶지 않아. 아직 16년밖에 살지 못했는걸!

양동이에 걸려 넘어지는 바람에 우당탕탕 소란이 났다. 눈앞에 보이는 작은 오두막으로 뛰어 들어갔다. 나는 그곳에서 난민이었다. 집 현관문이 열리는 소리가 들렸다. 누군가 다가왔다. 더는 생각할 수가 없었다. 추위가 영혼까지 잠식해갔다. 온몸이 떨렸다. 눈물도 얼어갔다.

그는 오두막 문을 열고 나를 봤다. 무슨 말을 했는지 기억나지 않는다. 내가 아는 건, 내가 기절했다는 것뿐이다.

5

사랑,
언제나 사랑

"여기 봐, 루푸스! 토끼 발자국이야. 어쩌면 토끼 인간일 지도 몰라! 찾아봐, 루푸스. 어서 찾아!"

폭스테리어의 사냥 본능은 달팽이가 오페라의 아리아를 부르는 것과 비슷했다. 강아지는 발자국 냄새를 맡고, 뤼카를 돌아보며 꼬리를 흔들었다. 그리고 다른 방향으로 뛰어갔다. 발바닥이 설탕 그릇 같은 새하얀 눈밭에 푹 빠졌다. 3일 내내 눈이 그치지 않고 왔다. 주변 광경은 완전히 변해 있었다. 엄마에게 조심하겠다고 15번 정도 맹세한 이후에 뤼카는 밖으로 나올 수 있었다.

하늘은 투명할 정도로 파랬다. 추위는 매서웠다. 눈에 반사된 햇빛은 수정처럼 반짝였다. 루푸스와 뛰노는 지금, 뤼카는 행복했다. 어떤 불안과 어둠이 그의 일상을 위협하긴 했지만. 그는 로라에게 문자를 보냈다. 그는 사과했다. 연거푸. 로라는 대답이 없다. 실망하고, 분하고, 부당하다고 느끼며, 브리스에게 생존 신호를 보냈다.

"로꼬, 여기는 브래드. 로꼬 응답하라, 여기는 브래드. 들리나?"

로꼬도 대답이 없다.

"다들 우릴 무시하면, 우리는 뭐가 되지? 루푸스야, 응?"

루푸스가 그의 슬픔을 공감하는 것처럼 뤼카를 바라보고 있었다. 늘어진 귀, 옆으로 기울어진 머리. 눈덩이가 나무에서 그의 옆으로 떨어지자 놀라서 뛰어올랐다.

뤼카는 슬프고 화가 났다. 도저히 즐길 수 없는 일투성이였다. 뤼카는 로라가 좋았다. 꿈에도 로라가 나왔다. 로라도 분명 그에게 어떤 감정을 느끼고 있었다. 내기할 수도 있다. 그는 사과했다. 이 이상으로 뭘 어쩌란 거야. 옷을 갈기갈기 찢을까? 유서라도 남기고 얼음 강에 뛰어들까? 로라의 창 앞에서 노래라도 부를까?

게다가 이젠 브리스까지 그를 무시한다.

"우리 둘뿐이야, 루푸스. 우리가 지구의 유일한 생존자들이야. 밤이 되기 전에 잠을 잘 수 있는 안전한 장소를 찾아야 해."

뤼카는 '이야기 만들기'에 빠져들었다. 우선 배경부터.

배경 설정 : 세계 멸망 이후.
위험 요소 : 좀비들이 죽은 사람들의 살을
먹기 위해 해 질 녘이면 밖으로
나온다.
작전 목표 : 사람이 살지 않는 오래된 농가
나 옛 농장을 찾아서 요새로 삼아
야 한다. 동네 청소년들이 겁을 먹
을 만한 곳으로.

뤼카와 루푸스는 포도밭의 고랑을 기어 올라가다 갑자기 멈춰 섰다.

"들려?"

루푸스가 고개를 돌려, 조금이라도 의심스러운 움직임이 있는지 살폈다. 뤼카는 지켜보고 있었다. 그는 나무 꼭대기를 관찰했다. 맹금류가 아주 높이 날고 있고, 고독한 구름이 완전무결한 하늘 위를 천천히 지나고 있었다.

"좀비다! 좀비가 나타났다!"

그는 소리치며 뛰어나갔다. 눈을 헤치고 도망가기는 쉽지 않았다. 그렇지만 송장 떼가 그를 바짝 추격이라도 하듯이, 당장 그를 할퀴어 뜯어내기라도 할 듯이, 포도밭 위를 줄달음으로 올랐다. 아래쪽에 농장이 보였다.

"우린 살았어!"

루푸스는 길을 알고 있었다. 강아지는 보이지 않는 위협을 향해 무섭게 짖어대면서, 주인을 앞지르고 농장 문 앞으로 뛰어갔다. 금이 간 붉은 타일을 모아서 바닥을 만들고, 거대한 굴뚝, 까만 기둥으로 만들어진 소위 생존 공간으로 뤼카가 미끄러져 들어갔다. 들어가자마자 문을 닫고, 문 뒤에 붙어 기다렸다. 심장이 가슴 안에서 덜컹거리며 부딪치고 있었다.

농장은 19세기의 종교 전쟁 동안 박해받던 개신교인들의 은신처였다. 이곳에 머물던 사람들은 숲까지 땅굴을 팠다. 천주교도의 공격이 있을 경우에 도망치기 위해서였다. 어른들에게 전설처럼 내려오던 이 땅굴을 브리스와 뤼카가 찾아냈다. 첫 번째 방에서 시작해 지하 가장 깊은 구석까지 들어갔다. 한 번 흙이 무너지는 바람에 10미터 이후로는 막혀 있다.

그러나 뤼카는 여기서 오래 머물 생각은 없었다. 부모님이 가지 말라고 한 곳이기 때문은 아니었다. 거지 같은 추위와 지금 자신이 혼자라는 사실 때문이다. 브리스와 둘이었을 때가 더 즐거웠다.

몇 초 멍하니 있었다. 여전히 아침저녁으로 살아남기 위해 고군분투하고, 자신의 본능을 따르고, 버려진 땅 위에서 또 다른 생존자를 만나길 기도하며. 특히 새로운 인류를 만들기 위해 여성 생존자를 만나기를…….

장대한 프로젝트…….

핸드폰이 울리자 뤼카가 현실로 돌아왔다.

"뤼카, 지금 어디야? 지금 좀 보자!"

브리스는 벼룩처럼 신나게 날뛰고 있었다. 크리스마스는 이틀이나 남았는데 왜 이러지? 캄파놀 집안에서는 크리스마스 선물을 미리 주기라도 하나?

"뭔데 이래?"

"전화로는 말 못 해. 15분 후까지 우리 집으로 와라."

브리스가 속삭이더니 곧 전화가 끊겼다.

"15분?"

뤼카가 전화기를 주머니에 넣으며 되뇌었다. 루푸스는 뤼카의 다리에 매달려 메트로놈처럼 꼬리를 흔들어대고 있었다. 다음 지시를 기다리는 것이다.

"계획 변경이야, 루푸스!"

뤼카가 선포했다. 부모님이 아닌 다른 사람이 자신을 발견해준 것에 행복했다.

"돌아가자! 빛보다 빠르게!"

뤼카는 루푸스를 집에 데려다 두고, 브리스의 집으로 뛰어갔다. 한 걸음 한 걸음 매우 신중했다. 휘파람 불면 달려오는 똥개처럼, 냉큼 달려왔다는 인상을 브리스에게 주고 싶지 않았다. 사실이 그렇다고 해도 말이다. 브리스는 대체로 수다스럽다. 비밀을 못 지키고, 주관이 없고, 어디로 튈지 모르는 공 같은 성격이다. 그런 브리스가 전화로 말할 수 없다니. 뭘 찾아냈길래?

브리스의 엄마가 뤼카에게 문을 열어줬다. 브리스의 아빠 디디에는 부재중이었다. 차양 아래 주차되어 있어야 할 승합차가 보이지 않았다. 뤼카는 신발을 벗고, 손님용 슬리퍼를 신고 다락방으로 올라갔다.

"들어와!"

문을 두드리기도 전에 브리스가 소리쳤다. 뤼카는 방으로 들어갔다. 방에는 책과 노트가 널려있는 책상과 이불이 돌돌 말린 채로 던져져 있는 침대, 괴상한 피겨가 가득한 장식장이 보였다. 그중에는 크라켄도 있었다. 작년 여름에 크라켄 때문에 비디오 게임을 끊는 데 애를 먹었다.

"문 닫고 와서 앉아봐."

뤼카가 브리스 옆에, 침대 끝에 앉았다. 그리고 기다렸다.

"형제여, 너 이거 보면 아주 좋아 죽을 거다."

브리스가 입을 열었다. 분명히 로라에 대한 이야기는 아니었다. 그렇지만 브리스에게는 더 중요한 문제로 보였다. 그가 괜히 거드름 피우며 이야기할 때면, 이 어린 시골뜨기에게 거대한 사건이 생겼다는 뜻이다. "처음으로 이번 게임에서 이겼어!"라거나 "부모님이 내 방에서 현관 CCTV를 볼 수 있게 모니터를 설치해줬어!"와 같은 일 말이다. 브리스는 무릎에 핸드폰을 올려놓고 동영상을 틀었다. 높은 곳에서, 아마도 천장쯤에서 찍힌 영상이었다. 침대, 책상 아니면 옷장이라든가.

"이거 너희 집 손님방 아냐?"

"쉿!"

방문이 열렸다 닫히는 소리가 들렸다. 누군가 카메라 아래로 지나갔다. 젊은 여자다. 거울 앞에서 옷을 벗는다. 옷을 다 벗고 침대 위 솜이불 아래로 미끄러지듯 들어갔다. 동영상은 거기서 멈췄다.

뤼카는 조소를 참지 못했다.

"겨우 옷 벗은 여자애 보여주려고 그 난리를 피운 거야? 저기요, 이제 와서 이런 거 봐 봤자, 뭐 볼 것도 없잖아."

브리스는 당황하지 않았다. 그는 동영상에서 화끈한 장면을 찾아 0.5배속으로 다시 재생시켰다. 이번에는 여성의 몸매가 확실히 보였다. 그리고 풍만했다. 뤼카는 자신도 모르게 침을 꼴깍 삼켰다.

"우리 집 손님방인 거 알아보겠지?"

브리스가 영상을 멈춰 놓고 말했다. 바로 그 미인이 몸을 구부려 솜이불 안으로 파고드는 순간이었다. 그녀의 뒤태는 보름달을 향해 3/4가량 차오른 달처럼 아름다웠다.

"우리 집 안이야."

뤼카는 핸드폰 화면에서 눈을 떼려고 노력했다. 그리곤 되물었다.

"뭐? 이거 너희 집에서 촬영한 거라고?"

공포가 뤼카를 덮쳤다. 브리스가 드디어 자기 엄마의 알몸을 촬영해서 친구에게 보여줄 만큼 미쳐버린 건가? 아니야, 아냐, 아니다. 캄파뇰 부인은 금발이다. 영상의 여자아이는 갈색 머리다. 그리고 훨씬 어리다.

"난 어릴 때부터 종종 놀이 삼아 지붕 위로 올라가곤 했거든. 천장에 틈이 있어, 형광등 높이에."

브리스가 신들린 듯이 털어놓았다. 뤼카는 다시 영상을 바라봤다.

"다시 볼래?"

브리스가 이미 열 번은 넘게 돌려봤을 게 뻔했다.

"누구야?"

"전혀 몰라."

"어떻게 모를 수가 있어?"

"사흘 전에 우리 집에 왔어. 토요일 밤에. 그리고 불법 체류 중이지."

"부모님이 뭐라고 안 알려 주셔?"

"엄마 말로는 조카라는데? 갑자기 왔다고. 여기서 우리랑 크리스마스를 보내는 건 확실하대."

"근데 넌 한 번도 만난 적 없고?"

"만나기는커녕, 사진으로도 본 적 없어. 꿈에서는 뭐…… 끝내줬지!"

브리스의 안면에 미소가 퍼졌다. 뤼카가 영 기꺼워하지 않는 바로 그 미소다. 뤼카는 그 표정을 하는 친구를 썩 좋아하지 않는다.

"너희 엄마한테 네가 모르는 조카가 있을 수도 있지. 안 그래? 그게 네가 이 여자가 옷을 벗는 모습을 촬영할 이유가 되진 않아."

브리스는 다시 생각해보는 듯했다. 10초 후에, 완벽하게 순수하고 진지하게 "왜?"라고 되물었다.

"이 여자도 자기 사생활을 가질 권리가 있으니까. 게다가, 이름이 뭐라고?"

"클레르."

"그래, 클레르. 너희 집 지붕 아래 사는 클레르."

뤼카는 마치 부진한 초심자를 가르치는 제다이처럼 서

두르지 않고 말을 이었다.

"클레르를 이렇게 촬영하면 안 돼. 이건… 역겨워!"

"얘가? 역겹다고 하지 마!"

브리스가 그 불량한 표정, 어른의 표정, 상급생에게 걸맞은 표정으로 말했다.

"그 뜻이 아니야. 나는 단지…"

"브리스?"

브리스와 뤼카가 단번에 돌아봤다. 클레르 본인이 방문 앞에 기대고 서 있었다. 청바지와 스웨터가 층계참에서 새어 나오는 불빛에 역광으로 비춰 보이면서 그녀의 몸매를 완벽하게 드러냈다. 한편 그녀의 옷차림은 좀 더 어려 보였다. 뤼카는 그녀가 열여섯, 기껏해야 열일곱쯤 되었으리라고 생각했다.

"네?"

자기 이름이 불린 브리스가 떨리는 목소리로 대답했다.

"안녕."

클레르가 손님을 향해 인사했다. 뤼카는 굳어서 어떤 말도 할 수 없었다. 이 소녀는 자신보다 나이가 많아 보였다. 게다가 매우 강력하고…… 선정적인 무언가를 내뿜고 있었다. 작년에 학교에서 잠깐 가르쳤던 스페인어 임시 교사가 떠올랐다. 25살의 안달루시아[1] 출신 미녀. 그녀가 머물던 2주는 신의 축복이 내렸던 시간이었다. 열등생부터 우등생까지, 모든 학생이 그렇게 열심히 외국어를 공부한 적이 없었다.

"너희 엄마가 저녁 먹으러 내려오래."

그녀는 'R' 발음을 굴려 말하는 가벼운 억양을 가졌다. 클레르는 나타났을 때처럼 홀연히 사라졌다. 어떤 것에 집착하고 있는 청소년의 일상에 초대도 없이 홀로 나타난 요정처럼 말이다.

뤼카는 머리를 한 번 흔들고, 코도 한 번 잡아당겼다. 브리스네 집이 저녁 식사 시간이라면, 자기네 집에서도 곧 밥상이 차려질 터였다. 그는 일어나서 친구에게 으름장을 놓으며 말했다.

"당장 동영상 지워버려! 그리고 이상한 생각 하지 마. 저 사람은 네 친척이야!"

출산과 관련된 문제라면 근친교배라든가, 돌연변이 염색체라든가의 위험이 따를 것이다. 생물 수업 중 성교육 시간 동안 5번쯤 들었던 이야기다. 브리스의 중학교 시절 가장 좋은 기억이었다. 그 문제에 대해서 시험을 봤어야 했다. 그렇다면 만점을 받았을 텐데.

---

1 스페인 남부의 자치 지역.

"그래서?"

바보 브리스가 되물었다. 뤼카는 한숨을 내쉬었다. 이놈은 구제 불능이다.

"내일 전화해."

"빠이."

핸드폰을 만지며 브리스가 대답했다.

뤼카가 집에 돌아왔을 때, 엄마는 오븐에 피자를 넣고 있었다. 바닥에 반죽을 깔고, 치즈를 올린 후 올리브유를 약간 뿌렸다.

"맛있겠다. 얼마나 더 걸려요?"

뤼카가 오븐 앞에 웅크리고 앉았다.

"20분."

"아빠는 집에 있어요?"

"포도 재배자 조합에서 여는 회의에 갔어."

"회의요? 시음이 아니고요?"

안느는 아들에게 윙크했다.

"설거지 좀 해줄래?"

뤼카는 소매를 걷어 올리고, 싱크대에 널브러진 냄비를 닦았다. 그리고 상을 차리고, 벽난로 앞에서 루푸스와 놀면서 목욕하러 올라간 엄마를 기다렸다.

"준비 다 했구나!"

엄마가 목욕 가운을 입고 내려오면서 말했다.

"착하기도 하지."

뤼카는 얼굴이 빨개졌다. 엄마는 정말 예뻤다.

피자 가장자리가 접시에 남아 있었다. 루푸스는 난롯불 앞에서 코를 골며 자고 있었다. 라디오에서는 80년대의 로맨틱한 음악이 조용히 흘러나오고 있었다. 뤼카의 엄마, 안느 라카사뉴는 꿈꾸는 것 같은 눈을 하고 있었다. 뤼카는 손에 턱을 괴고, 팔꿈치는 테이블에 놓은 채로, 이 특별한 순간을 즐기고 있었다. 사랑하는 엄마와 단둘이서.

"아빠는 어떻게 만났어요?"

"얘기 안 했던가?"

"안 했어요."

"나는 다리 위에 있었어. 네 아빠는 작은 오토바이를 타고 강가에서 날 올려다보고 있었지."

뤼카는 훨씬 극적인 사건을 기대했다. 외계인의 침략에서 엄마를 구해냈다던가, 고질라에게 사로잡힌 엄마를 탈출시켰다던가.

"다리에서 뭐 하고 있었어요?"

"불행에 절어 있었지. 남자 친구한테 막 차였었거든."

뤼카는 주먹을 꾹 쥐었다. 만약 그 남자 친구가 여기 있었더라면, 예의가 뭔지 톡톡히 가르쳐 주었을 거다!

"죽으려고 했어요?"

안느는 슬픈 미소를 지으며 아들의 볼을 쓰다듬었다.

"당연히 아니지. 인생은 정말 아름다운 거야. 그런데 너희 아빠가 날 주시했어. 내가 괜찮아 보이지 않았대. 그래서 오토바이를 타고 아주 멀리까지 따라왔대. 내가 나쁜 마음을 먹을 거라고 생각해서 말이지."

"그래서요?"

"만나서 이야기하고, 그리고 서로 마음에 들었지."

"나쁘지 않네요."

루푸스가 잠을 자면서 낑낑거렸다. 꿈에서 토끼 인간을 쫓고 있는 것이 분명했다. 안느는 식탁을 치우고 귤 두 개를 테이블 위에 놓았다. 빠르게 껍질을 벗기고, 알맹이는 입에 넣고, 껍질은 벽난로에 던졌다.

"아, 맞다. 크리스마스 저녁 식사 자리에 세브린느를 초대했어."

"세브린느 마욜 아주머니요?"

"그래, 세브린느 마욜. 로라 엄마 말이야. 이 동네에 다른 세브린느도 있니?"

뤼카가 의자를 뒤로 뺐다. 어떻게 반응해야 할지 몰랐다.

"아, 그럼 걔도…… 와요?"

"누구?"

"로라요."

안느는 눈썹을 으쓱 올렸다. 그녀는 아들이 영화를 보고 온 이후로 거기에 관해 묻지 않았다. 그를 불편하게 하고 싶지 않았다. 그러나 뤼카의 감상적인 심장이 이 소녀를 향해 뛰고 있는 것은 잘 알고 있었다.

"로라는 방데[1]의 아빠한테로 갔대. 크리스마스 이후에나 돌아온다는구나."

"아."

뤼카는 침묵했다. 뤼카의 엄마는 친절하게도 더 묻지 않았다. 뤼카가 로라의 소식을 전혀 모르고 있다는 사실에도 놀란 기색을 보이지 않았다.

"하는 김에, 너희 아빠가 캄파뇰네도 초대했어."

"브리스랑 부모님을요?"

"응, 온다더라. 거절할 줄 알았는데……."

뤼카는 정신을 차릴 수가 없었다. 원래 아빠는 곰 같은 사람이다. 아빠에게 무슨 일이 생긴 걸까?

"다른 아이도 한 명 온다더라. 조카래."

"아……."

---

1 프랑스 서부에 위치한 데파르트망(département). 데파르트망은 한국의 도(道)에 준하는 레지옹 (région)보다 작은 단위의 행정구역이다.

"벌써 만나 봤니?"

브리스가 핸드폰으로 촬영한 영상이 바로 소년의 머릿속에 재생되었다. 얼굴이 붉어졌다.

"슬쩍 봤어요."

"좋은 애 같아?"

"별로 이야기 안 해봤어요. 억양이 좀 이상했는데……."

"이상하다니?"

"모르겠어요."

뤼카가 어깨를 으쓱해 보였다.

"어쨌든 그 아이도 올 거야."

"벌써 기대되네요."

"그렇다면야."

안느가 하품을 하자, 뤼카도 따라서 하품이 나왔다.

"TV 보고 싶으면 보렴. 엄마는 먼저 잔다."

뤼카는 30분 정도 채널을 이리저리 돌리다가, 포근하고 안락한 침대로 들어갔다. 조르주 상드의 소설을 몇 페이지 읽었다. 그렇게 나쁘진 않았다. 젊은 시절 다리 위의 엄마를, 다리 아래에 있는 아빠를, 수호천사를 상상하려고 애썼다. 뤼카의 상상 속 엄마는 사랑을 잃어버린 슬픔으로 죽으려고까지 생각했었다.

사랑…….

환상의 세계 속에 등장하는 마법 무기처럼, 사랑은 양날의 칼이다. 유리하기도 하고 불리하기도 하다. 뤼카가 로라로 인해 겪은 감정들은 그로 하여금 모든 것을 황폐하게 만드는 그 힘에 대해 생각하게 했다.

사랑……

바로 이것이 세상을 움직이는 원동력이다.

뤼카는 생각을 접어두고, 잠자리에 들려고 노력했다. 세 가지 이미지가 오늘 꿈의 고삐를 차지하기 위해서 싸웠다. 다리 위의 엄마, 브리스 사촌의 엉덩이, 로라의 눈에서 반짝이는 별들.

별들이 이겼다.

클레르의 일기

디디에와 마리로르 두 사람의 존재는 사랑 그 자체다. 내가 잠에서 깼을 때, 마리로르는 내 머리맡에서 부드럽고 다정하게 앉아 있었다. 10시간 가까이 잤다. 그녀는 내 사이즈에 맞는 옷을 준비해서 의자 위에 올려놓았다. 샤워하고 싶었다면 할 수도 있었다. 그렇지만 쉬어야 했다. 그녀가 준비해놓은 수프를 마셨다. 다시 어둠 속으로 여섯 시간 동안 가라앉았다.

내가 깨어났을 때, 캄파뇰 부부는 점심을 먹고 있었다. 난 그들의 외동아들 브리스 옆에 앉았다. 브리스의 눈이 UFO같이 동그랗게 커졌다. 물을 엎지르고, 물을 닦아내고, 토마토처럼 얼굴이 빨개졌다. 마치 나 같았다.

캄파뇰 부부는 브리스에게 내가 조카, 그러니까 그의 아빠의 세 자매 중 한 명의 딸이라고 설명했다. 그가 한 번도 본 적 없는 사촌인 것이다. 그리고 내가 휴식이 필요하다고 했다. 이것만은 진짜다. 이 집은 평화로운 안식처다. 그렇지만 여기에 얼마나 있을 수 있을까?

디디에가 와서 말했다. 마리로르는 없었다. 그는 어딘가 불편해 보였다. 이해할 수 있었다. 오밤중에 그의 승합차로 숨어든 여자애…. 게다가 속옷만 걸치고선. 그는 경찰을 불렀어야 했다. 아니다. 그들은 결정을 내리기 전에 더 알아보고 싶어 했다. 그래서 나는 솔직히 말하기로 했다. 나는 터미널 호텔에서 내가 보지 말아야 할 것을 보았다고 말했다. 그의 승합차 트렁크가 열린 채로 거기에 주차되어 있었고, 아무 생각도 못 하고 그 안으로 뛰어들었다고.

"그들이 너를 찾으러 올 것 같니?"

그가 내게 물었다.

여기서 '그들'이란 못된 놈들을 말한다.

"모르겠어요. 그럴 것 같진 않아요. 내가 차를 타는 걸 봤다면 진작에 찾으러 왔을 거예요."

"경찰에는 신고하지 않을 거니?"

"경찰은 안 돼요!"

내가 도시에서 몇백 킬로미터 떨어진 시골구석 목수의 집에 숨어 있다는 사실이 나쁜 놈들의 귀에 흘러 들어갈 위험이 있다.

"부모님은? 프랑스에 계시니?"

그게 가장 큰 문제다. 그들이 나를 잡기 위해 우리 부모님을 이용할까? 알 수 없다. 이 불확실함이 고통스러웠다.

"거의 아무것도 못 가지고 나왔구나. 네 신분증은 어디 있니?"

그가 내가 잊고 있던 것을 상기시켰다.

"집에요."

"집은 어디지?"

나는 내 아파트 열쇠조차 갖고 있지 않다. 다른 물건들과 함께 호텔에 놔두고 왔다. 그들이 이미 호텔의 물건들을 모두 쓸어갔을 게 틀림없다.

"같은 층에 사는 이웃에게 열쇠 한 벌을 맡겨 두었어요. 제가 연락하면 열어 줄 거예요."

디디에가 한숨을 쉬었다. 그가 나에게 종이 한 장과 연필을 내밀었다.

"주소를 적어 다오. 그리고 뭘 가져와야 할지 알려주렴."

나는 그에게 모든 걸 설명해주고, 이웃에게 연락했다. 디디에에게 내 여권과 돈을 숨겨둔 위치, 챙겨 올 옷들을 알려줬다. 그가 출발한 지 2시간이 지났다. 그들이 내 집 아래에 잠복해 있지는 않을까?

마리로르는 그가 가지 않기를 바랐다. 이해한다. 나는 내 방에 숨었다. 그들을 이 상황에 밀어 넣은 것이 후회된다. 무섭다.

6

메리
크리스마스!

뤼카네 집은 늘 친구들로 북적거렸다. 그래서 크리스마스는 그들에게 그다지 특별한 날은 아니었다. 크리스마스 선물은 둘째 치고, 일 년 내내 어느 날이든 크리스마스가 될 수 있었다! 사랑에 불을 붙이기 위해서 꼭 밸런타인데이를 기다려야 할 필요는 없는 것처럼.

각설하고, 보리스는 가장 좋은 와인을 꺼내 왔다. 모자크 2005년산. 이런 특별한 날 샴페인 대신 마실 만한 신선한 와인이다. 그리고 안느는 푸아그라를 사용한 멋진 요리 두 가지를 준비했다. 캄파뇰 가족은 격식에 얽매이지 않았다. 카리브 제도 출신인 마리로르는 먼 섬나라의 요리들을 가져왔다. 세브린느 마욜은 디저트 담당으로, 집에서 크리스마스 케이크인 뷔슈 드 노엘을 만들어왔다. 다른 점은 몰라도 그녀가 만든 케이크를 먹을 수 없다는 점에서만은, 그녀를 떠난 전남편이 실수한 게 분명했다.

빈손으로 온 것은 브리스와 클레르뿐이었다. 클레르는 화장도 하지 않은 채, 두꺼운 스웨터로 몸을 감싸고 있었다. 그래도 모든 관심이 그녀에게 집중됐다. 마욜 모녀는 비교적 최근에 마을에 자리 잡았지만, 이 작은 공동체에 잘 적응했다. 라카사뉴와 캄파뇰 가족은 20년 전부터 알고 지낸 사이였다. 그에 비해 클레르는 수수께끼투성이였다.

안느가 식전주를 들며 클레르에게 말을 걸었다.

"그래, 어디서 왔니?"

"어…… 북쪽이요."

"어라, 어느 지방 억양이지……? 뭘 하고 지내니?"

"공부해요."

"아, 정말요?"

브리스가 외쳤다.

"무슨 공부?"

"심리학이야."

클레르가 아무렇게나 꾸며낸 이야기를 하는 것은 아니었다. 동유럽 오지에서 중학교 때 처음 읽은 프랑스어책이

게임이론을 다룬 심리학책이었다.

"심리학? 그게 뭐야?"

뤼카는 혀를 차며, 클레르 대신 대답했다.

"인간이 어떻게 작동하는지 이해하는 공부야. 머릿속에서 말이지. 네가 이해하긴 어렵겠지만."

"그렇지. 난 단순하니까!"

브리스가 대꾸했다.

"자, 식사하기 전에 가서 외계인들이나 죽이고 있으렴."

보리스가 제안했다. 평상시라면 아이들은 이 기회를 냉큼 낚아챘을 것이다. 그러나 지금 어른들은 그들을 공공연하게 쫓아내고 있었다. 수수께끼의 클레르를 그들끼리 더 잘 파헤쳐 보기 위함이었다. 그 사실을 알았지만, 소년들은 얌전히 따르기로 하고 뤼카의 방으로 올라왔다. 게임 콘솔은 벌써 시동이 걸려 있었다. 시큰둥하게 캐릭터를 고르고, 무기력한 학살을 시작했다. 그들은 딱히 게임에 빠져들지 않았다.

"조카 이야기 말이야, 다 거짓말이더라."

브리스는 이 주제에 빠져 몽롱해진 상태로 말을 꺼냈다.

"왜? 어떻게 알아?"

"내가 삼촌, 이모, 고모들을 다 알거든. 그래서 조사를 해봤지. 친척 중에 클레르라는 이름은 없어."

"개명이라도 했나 보지."

"그걸 농담이라고 하냐."

브리스는 빨판 달린 문어가 뤼카를 찍어내리려는 찰나에 괴물을 처치했다.

"집중 좀 해!"

'로라 생각 중이야.'라는 말이 뤼카의 목구멍까지 차올랐다.

그렇지만 이 감정은 자기 속에 억눌렀다. 이제 다시는 자신의 사랑 이야기를 브리스에게 털어놓지 않을 것이다. 혼자서 감당해야 할 문제다.

저녁 식사는 즐거웠고, 어른들은 얼큰하게 취했다. 세브린느 마욜마저 디디에가 내뱉는 외설적인 농담에 웃음을 터뜨렸다. 클레르는 눈에 띄지 않게 조용히 있었다. 그러나 모두 그녀의 매력에 사로잡혔다. 마리로르는 다른 사람보다 조금 덜 했을지도 모른다. 디디에의 아내는 긴장한 것처럼 보였다.

케이크를 먹은 후, 보리스와 디디에는 담배를 입에 문 채로, 추위를 견디기 위한 아르마냐크 브랜디 병과 잔을 챙겨 들고 밖으로 나갔다.

"클레르는 네 조카야? 아니면 마리로르 조카야?"

마리로르는 혼혈인데 클레르의 피부는 새하얬다. 물어볼 것도 없어 보였다. 그러나 보리스는 더 알고 싶었다. 이 이야기에서 무언가 걸리는 부분이 있었다. 디디에는 자신의 잔을 반쯤 비울 때까지 대답을 망설였다.

"사실… 진짜 조카는 아니야."

"그럼 누군데? 숨겨놓은 딸?"

디디에는 거실을 슬쩍 돌아봤다. 그들의 아내들과 세브린느, 벽난로 앞에서 보드게임을 하는 아이들이 보였다.

"아니."

보리스는 말을 돌려 하는 성격이 아니다. 농부의 아들이자, 포도 재배자의 특징이다.

"그럼 저 애가 왜 너희 집에 머무르고 있는 건데?"

디디에가 졌다. 디디에는 며칠 전 밤에 일어난 일을 설명했다. 어떻게 자신의 차에서 꼬마가 나왔는지, 그녀가 어떤 상태였는지.

"그래서 여기서 머물게 한다고? 미쳤어? 혹시라도……."

"뭐? 도둑이기라도 할까 봐? 아니면 시설에서 탈출했을까 봐? 저 아이는 공포에 질려 떨고 있었어."

디디에가 자신의 잔을 기울였고, 보리스가 잔을 채웠다.

"내가 현장 일 때문에 묵었던 호텔에 저 아이도 있었어."

"접수대에서 일했어?"

디디에는 보리스에게 무언의 어색한 눈길을 보냈다.

"그건 아니고. 호텔에서 일어난 험상궂은 일을 목격했대. 그래서 도망친 거고."

"네 차로 뛰어들어서?"

"내 차로 뛰어들어서."

그들은 다시 집 안을 향해 몸을 돌렸다. 클레르가 막 이긴 참이다. 그녀는 천장을 향해 두 손을 치켜들었다. 승리자의 세리머니였다. 브리스는 분을 못 이겨 바닥에 나뒹굴었다. 늘 그렇듯이 브리스가 혼자 드라마를 찍고 있었다.

"저 아이의 집에 가서 물건을 좀 챙겨 와야 해."

보리스는 가만히 듣고 있었다.

"신분증이랑 돈."

"저 아이가 너한테 거짓말하는 거라곤 생각 안 해봤어? 누굴 죽였다거나…. 너희 집에 머물면, 너도 공범이 될 수 있어. 너랑 마리로르, 둘 다!"

"그래서 그 아이가 조막만 한 팬티 한 장 걸치고 내 차에 숨어들었다고? 밤새 얼어 죽으려고? 우릴 속이려면 더 쉬운 방법이 있지 않았을까?"

보리스도 인정했다.

"그 주소로 갔었어."

디디에가 다시 말을 이었다.

"그리고 건물에 들어가기 전에 주위를 살폈지. 물론 차 안에서 말이야."

"그래서?"

"좀 멀리에 두 놈이 숨어서 입구를 감시하고 있었어. 그 놈들 사진을 찍어놨지."

보리스가 곰처럼 한숨을 내쉬었다.

"너 드라마를 너무 많이 봤어."

"TV 볼 시간이 있겠냐. 이놈들 분명히 이 아이 때문에 있었던 거야. 그래서 물건 가져오는 일은 그만뒀어. 집에 들어와서 클레르에게 사진을 보여줬더니, 애가 그 자리에 주저앉는 거야. 숨도 못 쉬더라고."

"쟤가 거짓말하는 걸지도 몰라."

"이 촌구석에서 뭘 하려고? 우릴 속여서 뭐 얻을 게 있 을지 나도 알고 싶다."

매력적이고, 공기 좋은 산골짜기 촌구석. 그렇지만 결국 촌구석에 지나지 않는 곳이다. 클레르는, 아니면 이름이 뭐 가 되었든, 그녀와는 어울리지 않았다.

"그놈들 사진을 쟤한테 보여줬다고 했지?"

디디에는 핸드폰을 꺼내서 차 안에 있는 두 남자를 찍은 사진들을 연이어 보여줬다. 한 명은 나가서 담배를 피우고, 한 명은 전화하고……. 가죽옷과 피곤한 안색. 도저히 선량

한 시민으로는 보이지 않았다.

"고약하게도 생겼네."

"내 말이."

디디에는 핸드폰을 다시 주머니에 넣었다.

"혼자 알고 있어. 마리로르에게도 말 안 했어."

보리스가 관자놀이를 긁적였다.

"경찰한테 말하면 안 돼."

"어디 두고 보자고."

디디에는 보리스에게서 브랜디 병을 받아 들고, 거실 유리창을 열었다. 대화는 끝났다. 보리스는 담배를 마저 피우고 따라 들어갔다. 자신이 디디에라면 어떻게 했을까? 전혀 감도 오지 않았다.

클레르의 일기

디디에는 내 아파트에 들어가지 못했다. 좋은 선택이었다. 그가 올라갔다면 감시하던 놈들이 눈치챘을 것이다. 다른 공범이 내 방에서 기다리고 있었을지도 모를 일이다. 내 거처를 알아내기 위해 디디에에게 그들이 무슨 짓을 했을지도 모른다. 그들은 무슨 짓이든 할 수 있다. 그 일은 생각만 해도 토할 것 같다. 디디에에게 그 일에 대해 말하고 싶다. 마리로르도 같이 들어야 한다. 그들이 잠에서 깨어나자마자 말할 것이다.

도저히 디디에와 마리로르에게 사태를 설명할 틈이 없었다. 브리스가 너무 일찍 일어났다. 그는 언제나 날 곁눈질로 보고 있다. 남성호르몬이 왕성하게 분비되고 있는 한창때의 소년. 햇살이 눈부신 날이다. 마리로르의 파카를 빌려 입고 바람을 쐬러 나갔다.

상념에 빠져들었다. 눈 덮인 산길을 따라 걸었다. 어떤 선택지가 있을까? 멀리 떠날까? 아주 멀리. 그렇지만 어떻게? 내 돈과 여권. 모두 놓고 왔다. 동굴에 숨어서 산딸기를 따 먹으면서 살까? 내가 아는 걸 경찰에게 말할까? 호텔 사람 중에 뒷 세계 사람들이 있다. 안 된다. 나는 그를 알아봤고, 그도 그 사실을 눈치챘다. 경찰에 신고하려고 하면 법정 증인석에 앉기도 전에 분명 살해당할 것이다.

무엇보다, 내 가족은 잘 지내고 있을까? 이게 다 내 탓이다. 그 비열한 놈을 믿는 게 아니었는데!

각설하고, 나 자신이 작업대에서 망치가 떨어지길 기다리는 생쥐처럼 느껴지던 순간, 폭스테리어 한 마리가 갑자기 숲에서 솟아나 나를 향해 뛰어왔다.

"루푸스! 도망치는 거야?"

우리는 어제 라카사뉴네 집에서 친구가 되었다. 나는 고양이보다는 개가 더 좋다.

"너 혼자 산책 나온 거야?"

"저 여기 있어요."

뤼카가 나무 뒤에서 나왔다.

"산책하세요?"

"응."

"같이 걸어도 될까요?"

"좋을 대로."

우리는 거의 5분 동안 아무 말도 하지 않고 계속 숲길을 걸었다. 뤼카는 나뭇가지를 흔들며 개와 놀았다. 그는 콧노래도 흥얼거렸다. 이 작은 소년은 몽상가였다. 난 몽상가들이 좋다.

"브리스네 집은 어때요? 편한가요?"

"엄청."

나는 뤼카를 곁눈으로 살폈다.

"브리스는 좋은 친구니?"

그는 어깨를 으쓱했다.

"그날그날 달라요."

"어째서?"

뤼카는 내 집 아래 식료품점 인도인처럼 고개를 가볍게 흔들었다. 참, 내 옛날 집.

"꼭 대답 안 해도 돼."

내겐 능력이 하나 있다. 공감 능력. 사람들이 내게 자기 이야기를 하게 하는 능력이다. 뤼카는 나를 잘 모르면서도 나에게 자신의 절친에 대해서 말하기 시작했다.

"걔는 종종 안 어울리게 다른 사람 흉내를 내요."

"다른 사람? 걔가 어른인 척한다는 거야?"

뤼카는 자세한 내용은 말하지 않으려고 노력했다. 그럴 필요 없었다. 나머지는 상상할 수 있었다. 인터넷으로 포르노 비디오를 접하기는 너무 쉽다. 환상들. 한낱 물건이 되어버리는 여자……. 브리스는 나쁜 길에 빠져든 여느 청소년들과 같았다. 만약 그가 계속 포르노만 보다가, 제대로 된 여자를 만나지 못한다면, 정말 경이로운 것들을 만나지 못하고 엇나가게 될 것이다. 그리고 가짜의 세계에 집착하게 될 것이다.

"너는?"

"제가 뭐요?"

"너는 어떻게 생각해?"

"사랑이요?"

이 단어를 발음하면서 뤼카는 경이로움을 느꼈다. 순수함과 감탄스러움과 그리고 걱정이 동시에 느껴졌다.

"만만치 않다고 생각해요."

"왜?"

그는 로라에 대해서 그리고 잘못 보낸 문자에 대해서 모두 이야기했다.

"내가 뭘 해야 할까요?"

"로라가 돌아오면 로라와 대화를 해야지."

뤼카는 돌멩이를 발로 찼다. 마치 내게 '절대 불가. 완전 소심.'이라고 말하는 것 같았다.

"아니면 글을 써 보든가. 종이 위에 말이야. 진심을 담은 진짜 편지."

나는 뤼카의 등을 토닥였다.

"여자애들은 절대 어리석지 않아, 알지?"

"알아요."

"그럼 이건 알아? 여자애들은…… 눈싸움도 잘해!"

누구도 승리하지 못할 광란의 전투가 시작됐다.

7

편지

'로라에게, 너를 내 두 팔에 안고 싶어. 뤼카가.'

"나쁘지 않아. 근데 좀 짧다."

이제 막 사랑에 빠진 남자는 한숨을 쉬고 종이를 구겨 쓰레기통에 던졌다. 연습장 위에 몸을 기울이고 다른 생각이 떠오르기를 기다렸다.

'브리스 캄파뇰의 엉덩이를 차버릴게. 맹세해. 지난번에 이야기했듯이, 그 멍청한 영상 링크를 나에게 보낸 건 그 녀석이야.'

"어이, 어쨌든 그걸 로라에게 보낸 건 내가 아니라 너잖아, 똥멍청이."

쓰레기통.

'세상에! 그 영화, 진짜 좋았었지. 우리가 손을 잡았을 때, 뱃속에 온통 나비가 날아다니는 기분이었어. 와, 그 감각이란.'

"너무 상스럽다. 최소한 체면은 지켜야지."

쓰레기통.

'그 겨울 오후에 너와 함께 하늘을 날았어. 우리는 무지개와 함께 어우러져 공중제비를 돌았지. 마치 사랑을 실은 드론 두 대 같았어.'

"뭐래."

쓰레기통.

뤼카는 볼펜을 끄적거렸다. 클레르는 친절하게도 편지를 쓰라고 제안해줬다. 그렇지만 글을 쓰는 것보다 말로 표현하는 것이 더 쉽지 않을까? 어떻게 웃음거리가 되지 않고 내 감정들을 전달할 수 있을까? 행동……이 더 쉽지 않을까?

멀리 로라와 엄마가 사는 오두막이 보인다. 로라는 돌아왔을까? 기상천외한 영웅, 뤼카 라카사뉴는 연인의 사랑을 되찾기 위해 무슨 일을 수행할 것인가?

그는 당근 코를 가진 아름다운 눈사람을 만드는 광경을 상상했다.

"변태 브리스라면 당근을 뽑아다가 눈사람 아랫도리에

꽂겠지."

탈락.

뤼카는 전기톱을 들고 얼음을 조각하는 광경을 상상했다. 솜씨 좋게 거대한 유니콘을….

"현실적으로 생각하자."

눈 위에 편지 쓰기? 뤼+로=사랑?

다시 편지로 돌아왔다…. 솔직히, 그는 글자 제한이 있는 문자에 더 강했다. 문자라면 이 냉랭한 분위기를 누그러뜨릴 수 있을 것이다.

뤼카는 쓰레기통을 뒤져서 처음 쓴 글을 찾았다. 그는 첫 문장을 그대로 두고 몇 줄을 더 보탰다. 진심을 담아. 그는 변명하지 않았다. 그는 자신의 감정을 써 내려갔다. 만약에 로라가 이 편지를 이해하지 못한다면, 그렇다면, 그녀가 그를 사랑하지 않거나 어떤 감정도 느낄 수 없는 사람일 것이다. 어쨌든 결과는 마찬가지다.

뤼카는 봉투에 편지를 넣고 아무도 그를 보지 못하기를 바라면서 로라네 집 우편함까지 뛰어갔다. 봉투를 우편함에 넣고 방으로 돌아오면서, 눈에 휩싸인 요정의 오두막 같은 그 작은 집을 오랫동안 응시했다. 그리고 조르주 상드의 소설을 다시 읽기 시작했다. 지금 많이 읽어 두는 편이 좋을 것이다. 그는 앞으로 어떤 미래가 펼쳐질지 알지 못했다.

브리스는 스파이 놀이를 하고 있었다. 불안정한 들보 위에 올라앉아, 천장에 뚫어놓은 구멍을 통해 손님방을 훔쳐보고 있었다. 클레르는 머리카락을 빗고 있었다. 우아한 손짓, 가끔 드러나는 목덜미. 때때로 브리스는 발끝에서부터 머리까지 전율을 느꼈다.

"끝내주네!"

터질 것 같은 심장을 부여잡으며 브리스가 꿍얼거렸다.

그는 지난밤, 자칭 사촌의 꿈을 꿨다. 그가 몰래 보던 포르노 비디오 중에 하나가 반영된 꿈이었다. 브리스는 흥분을 억누를 수 없었다. 그는 축축한 침대 시트 위에서 잠이 깨서, 시트를 세탁기에 넣었다. 브리스는 깨고 나서도, 더할 나위 없이 선정적이었던 꿈의 흔적에 취해 있었다. 여전히 꿈속을 헤맸다. 어딘가 불편했다.

클레르가 블라우스를 벗었다. 척추 언저리에 그려진 뱀 문신이 드러났다. 브리스는 목구멍이 타 들어가는 것을 느꼈다. 엉덩이 위쪽과 가슴이 보였다.

브리스는 숨을 멈췄다. 자기가 들보 위에 앉았다는 사실도 잊었다. 아니나 다를까, 브리스는 균형을 잃었다.

브리스는 그리 가볍지도, 민첩하지도 않았다. 그는 큰 소리를 내며 들보에서 떨어져, 들보와 천장 단열재 사이에서 흔들거리고 있었다. 브리스는 숨 쉬는 것도 잊었다. 그저 자신의 몸무게 때문에 손님방 천장이 무너질까 두려워하고 있었다. 그는 클레르가 어떤 반응을 보였는지 볼 수 없었다. 머리 빗는 걸 멈췄다는 사실은 틀림없었다.

'잡히면 죽는다.'

브리스는 들보 위로 다시 올라갔다. 그는 자기 방으로 들어갈 수 있는 다락방의 작은 창문으로 기어갔다. 그리고 샤워실로 도망가 거울에 비친 자기 모습을 바라보았다. 머리카락, 얼굴, 옷에 단열재 먼지가 잔뜩 묻어있었다. 얼굴은 불타는 고구마처럼 시뻘겠다.

"아들!"

마리로르가 일 층에서 그를 불렀다. 심장이 날뛰었다.

"밥 먹어!"

브리스의 아빠는 이미 외출했다. 남은 셋은 어색한 침묵 속에서 점심을 먹었다. 긴장감이 역력했다. 어쨌든 브리스는 파스타 접시에 코를 박고 먹는 것에만 집중했다. 클레르는 평범한 대화를 이어 나가려고 시도했지만, 영 잘 되지 않았다.

집 전화가 울렸다. 마리로르가 받았다.

"여보세요? 안녕하세요. 네, 제가 당직 구급대원이에요. 붕대가 풀렸다고요?"

클레르가 식탁을 치웠다. 브리스는 치즈를 냉장고에 넣었다.

"갈 수 있어요. 네. 바로 갈게요."

그녀가 전화를 끊었다.

"옆 마을 르피카 부인이야. 붕대를 다시 감아주러 가봐야겠다. 괜찮지?"

클레르는 식기에 뜨거운 물을 붓고, 주방 세제를 풀었다.

"제가 브리스랑 설거지할게요."

"그래. 빨리 올게."

브리스는 자기 방으로 잘 도망쳤어야 했다. 아니면 뤼카네 집으로. 어디든 여기에서 먼 곳으로. 그러나 설거지를 도와야 했다. 클레르는 천천히 접시와 포크, 나이프, 냄비를 닦았다. 각자 일에 집중하고 있었지만, 한 사람은 다른 사람이 적의를 드러내길 기다리고 있었다.

"그래, 그렇게 날 엿보고 있었던 거니?"

"네? 무슨 말이에요?"

브리스가 다시 빨개진 얼굴로 항의했다.

"아까 지붕 위에 있었잖아. 내 방 바로 위에. 그 소리, 너였잖아."

"소리요? 무슨 소리?"

"딴청 피우면 내가 속을 것 같아?"

클레르는 손을 내밀어서 브리스의 머리카락에서 무언가를 떼어냈다.

"넌 천장 위에서 자니?"

브리스는 두 손 두 발 다 들었다.

"그래요, 제가 엿봤어요. 왜냐면 당신은 지금 거짓말을 하고 있으니까."

클레르는 뒷걸음질 치며 앞을 가로막듯이 팔을 들어 올렸다. 그녀는 브리스에게 훨씬 원초적이고 본능적인 다른 동기가 있을 거로 생각했다.

"당신은 내 사촌이 아니야. 갑자기 튀어나와서 여기서 뭘 하려는지는 모르겠지만, 여긴 당신이 있을 곳이 아니야!"

갑자기 공포가 밀려왔다. 만약에 이 철없는 아이가 인터넷에 자기에 관해 글이라도 썼다면? 그는 인터넷 세대다. 그녀처럼. 그렇지만 이 아이는 어떤 현실 감각도 없다.

"네 부모님이……."

"엄마 아빠는 아무것도 몰라!"

브리스가 폭발하며 한술 더 떴다.

"당신은 지금 여기 있잖아. 우리 집에! 그래서 엿본 거야! 우리 가족을 지키기 위해서! 그거 외엔 아무 이유도 없어!"

회심의 일격에 뿌듯해하며, 나쁘지 않게 빠져나왔다고 생각한 브리스는 방으로 올라가 문을 걸어 잠갔다. 클레르는 부엌에 남았다. 브리스가 자신의 가족을 지키기 위해 지붕으로 기어 올라가 클레르의 일거수일투족을 감시했을 리 만무했다. 브리스는 변태처럼 그녀를 훔쳐봤을 뿐이다. 그녀는 확신했다.

브리스는 부엌 식탁에 핸드폰을 놔두고 갔다.

"네가 먼저 시작한 거야."

핸드폰을 낚아채며 그녀는 마음을 굳혔다. 핸드폰은 잠겨있었다. 그녀는 화면에 남은 손가락 자국을 살펴 잠금 화면을 풀었다. 그리고 저장되어있는 영상들을 살펴보았다. 그녀는 쉽게 그녀가 찾고 싶었던 것을 찾았다. 며칠 전에 찍힌 자신, 자신의 알몸.

"부모님을 지킨다고? 네가?"

그녀는 영상을 정지시키고, 핸드폰을 제자리에 놔두었다. 브리스가 일 층에 핸드폰을 두고 왔다는 것을 깨닫는 데는 오랜 시간이 걸리지 않았다. 그는 핸드폰을 가지러 내려왔다가 순식간에 다시 방으로 올라갔다. 클레르는 다시 방어 자세를 취하며 아무 말도 하지 않고 그를 응시했다.

그녀는 차를 끓여 천천히 마시고, 찻잔을 씻고, 굴뚝에

쌓이는 눈을 바라보며 자문했다. 왜 남자들은 이럴까? 왜 동물적인 본능에 따를까?

그녀는 지나온 모든 것을 겪으면서도 희망을 놓지 않았다. 좁고 어두컴컴한 곳에서 불어오는 음험한 바람이 촛불 위의 불씨를 흔들고 있었다.

"꼬맹이일 뿐이야!"

그녀는 스스로 상기시켰다. 그녀에게 환상을 품은 꼬마. 얼음장 같은 오한이 몰려왔다. 무언가 해야 했다. 행동해야 했다. 클레르는 눈꺼풀을 깜빡이며 집중했다. 생각이 떠오르기를 고대하고 있었다.

"그럼 그렇지……"

진창 속에 빠져있는 브리스를 구해내야 했다. 이 문제를 해결할 방법이 늦지 않게 떠올랐다.

"그래, 성공할 거야."

브리스를 돕는다고 그녀의 상황이 바뀌지는 않는다. 그렇지만 숨어있는 동안의 시간을 좀 더 현명하게 보낼 수 있을 것이다. 브리스는 좀 더 신중해지고, 뤼카는 대범해질 수 있을 것이다. 안 될 이유가 없다.

중립적인 지역이 필요하다. 브리스 혹은 뤼카의 집이 아닌 곳. 로라의 집이 완벽하겠다. 그녀와 세브린느는 지난 크리스마스이브에 친해졌다.

클레르는 프린터에서 종이를 한 장 꺼내고, 필통에서 볼펜도 하나 꺼내 바로 일에 착수했다.

"뤼카, 요구르트를 공장에서 만들어 가져오는 거냐? 또 꾸물거리지! 또!"

"그렇지만 아빠, 아무거나 고를 수는 없잖아요."

뤼카는 요구르트 판매대 앞에 있었다. 그리고 슈퍼마켓을 싫어하는 아빠는 아들이 디저트를 고르는 내내 안절부절못하고 있었다.

"그럼."

보리스는 악당을 향해 날리기라도 할 것처럼 장바구니를 흔들고 있었다.

"너 살 거 목록 있지? 알아서 각자 고르고, 10분 후에 계산대 앞에서 보자."

그리고 그는 아들이 자신만의 운명에 맞서게 내버려 둔 채로, 자신이 살 물건들이 있는 진열대로 떠났다. 다행스럽게도 뤼카의 목록은 아빠의 목록보다 짧았다. 그리고 뤼카는 물건들이 어디에 있는지 알고 있었다. 그렇게 뤼카는 계산대에 시간 맞춰 갈 수 있었다. 그들은 바구니를 자율 계산대에 올려두고, 각자 자기 차례에 능수능란하게 물건들의 바코드를 찾아 찍었다. 슈퍼마켓 사장이 그들을 봤다면,

그 자리에서 채용했을 것이다.

"너 이제 브리스랑 안 노니?"

보리스가 뜬금없이 질문을 던졌다.

"아뇨, 왜요?"

"요새 집에 잘 안 오길래."

"다른 할 일이 있겠죠."

"넌 사람들을 좀 만나야 해."

"그런 아빠는 사교적이고요?"

보리스가 웃음을 터뜨렸다.

"네 말이 맞다. 아빠 닮아서 그렇지. 어서 계산하고 가자. 소비사회여, 안녕!"

보리스와 뤼카는 커다란 장바구니 두 개에 뒤죽박죽 물건을 쌓아 들고, 출구로 한 발 내디뎠다. 그들이 막 우주선으로 탑승하려는 순간, 누군가 외쳤다.

"뤼카!"

소년의 심장이 철렁 떨어지고, 창자가 크게 8자로 꼬였다. 보리스는 세브린느 마욜과 인사하고, 대화를 시작했다. 로라는 뤼카와 마주 봤다. 슈퍼마켓과 주차장 사이의 광활한 평지에서, 대낮에. 그는 몸 둘 바를 몰랐다. 숨을 곳은 없었다.

"아빠네 집은 어땠어?"

"그냥 그랬어."

뤼카가 물었지만, 로라가 바로 주제를 바꿨다.

"네 편지 읽었어."

뤼카의 목젖이 크게, 지하에서 옥상까지 왕복했다.

"그래서?"

"고마워."

로라가 뤼카의 볼에 입을 맞췄다. 세브린느가 그 모습을 목격했다. 유기농 식품의 장점에 대해서 늘어놓고 있던 보리스는 이 광경을 완전히 놓쳤다.

"너 내일 우리 집에 오는 것 알지?"

마치 아무 일도 없었던 것처럼 로라가 말을 이었다. 뤼카는 숨을 크게 내쉬고, 몸을 한 번 떨고, 바보 같이 웃었다.

"아, 그래? 알았어…. 잘됐다!"

"브리스도 올 거야."

"어?"

"브리스 사촌이 우리에게 깜짝 선물을 준비했다고 엄마에게 말했대. 우리 집에서 줄 거래."

"어떤 깜짝 선물?"

뤼카는 깜짝 놀라는 것을 좋아하지 않았다. 브리스가 연관된 것이라면 더더욱.

"나도 더는 몰라. 보면 알게 될 거라는데. 멋지지! 그럼 내일 봐!"

마욜네 모녀는 상점 안으로 사라졌다. 뤼카네는 좀 더 멀리 주차된 차로 돌아왔다. 짐칸에 장 본 것들을 내려놓고, 루푸스의 털이 잔뜩 붙은 앞자리에 앉았다. 보리스는 시동을 걸고, 차를 뒤로 빼서 주차장과 상점 거리를 빠져나갔다. 그는 눈에 띄게 속 시원해했다.

"귀엽더라, 로라."

뤼카는 소스라쳤다. 아빠와 같이 차 안에 있다는 것을 잊고 있었다. 그녀의 팔 안이 아니었다.

"로라 엄마가 네가 내일 로라네 집에 갈 거라더라."

"아마도요."

"가서 뭐 하게?"

"비밀이래요."

"수수께끼네."

보리스는 아들의 머리를 흐트러뜨리고, 오디오에 음악 CD를 넣었다. 요즘 유행하는 가수가 우렁차게 노래를 불렀다. 그리고 라카사뉴 부자도 그를 따라 우렁차게 노래를 시작했다.

8

데드우드

그들은 오후 3시에 세브린느 마욜의 오두막에서 만나기로 약속했다. 브리스는 5분 일찍, 뤼카는 제시간에 도착했다. 둘은 눈 덮인 시골 마을의 오두막 거실에서 로라와 함께 앉았다. 클레르는 없었다.

"대체 뭘 하는 거야?"

뤼카가 불평했다.

"엄마랑 나무를 찾으러 갔어."

로라가 알려줬다.

"이렇게 늦을 리가 없는데."

소녀와 두 소년은 천장을 쳐다보며, 파리 한 마리 날아다니지 않는 풍경을 원망했다. 그렇지만 파리도 겨울잠을 잔다. 문이 열리고, 현관 바닥 깔개에 발을 구르며 눈 터는 소리와 함께 세브린느의 목소리가 들렸다.

"벌써 왔니? 클레르, 들어가렴. 내가 정리할게."

"괜찮으시겠어요?"

"그럼, 그럼."

세브린느는 나무를 정리하러 나갔다. 클레르는 찬장에 놓인 두꺼운 파일을 들고 어린 청중들에게 다가갔다. 그들을 마주 보고 앉아, 파일을 열고, 백지 세 장과 연필 세 자루를 꺼냈다.

"색칠 놀이할 나이는 지나지 않았어?"

브리스가 놀려댔다. 클레르는 아랑곳하지 않았다. 이 허풍쟁이를 바라보며 속으로 비웃었다. 그녀는 종이 위에 손을 올려놓았다. 곧 이 종이 위에 세 개의 운명이 나타날 것이다.

"역할극이라고 아니?"

"그게 뭐람?"

브리스다. 다른 두 사람의 대답도 썩 밝지는 않았다.

"그래. 우선, 우리가 있을 배경을 만들어보는 거야. 장소 그리고 시간."

"이야기를 만드는 건가요?"

로라가 깨달았다.

"한번 이야기 속에서 살아보는 거지."

뤼카는 속으로 입이 딱 벌어지는 것을 느꼈다. 그도 이제 이해했다. 한 이야기 속에서 여럿이 함께 살아본다고? 이건 영화보다, TV보다, 책보다 낫다! 무엇보다 더 재밌다. 브리스는 종이와 연필을 밀어내며 불쾌하게 입을 삐죽거렸다.

"역할극? 뭐 쓸데없는 걸 하재."

다른 사람들은 그 말을 무시했다. 그들은 이미 빠져들어 있었다.

"과거, 현재 아니면 미래?"

클레르가 이어갔다.

"과거!"

로라와 뤼카가 일제히 대답했다.

"미래."

브리스가 이를 빠득거리며 다수의 의견에 반대했다.

"과거가 이겼네. 하는 김에 시대와 장소도 고르자."

토론은 팽팽했다. 로라는 중세시대가, 뤼카는 세계대전 시대가 좋았다. 10분간 적의에 찬 침묵을 지키던 브리스가 별안간 천재적인 아이디어를 냈다.

"서부 개척시대!"

친구들이 그가 트림이라도 한 것처럼 그의 얼굴을 뚫어지게 쳐다봤다.

"국경에 있는 개척지의 어느 마을. 금광을 찾는 사람, 미국 원주민들, 강도들. 빵야, 빵야!"

입으로 여섯 발의 총알을 발사하면서 그가 계속 말을 이었다.

"웬일로 네가 좋은 생각을 다 했네."

뤼카가 인정했다.

"예쁜 여자 앞이라면 언제든지 해내고말고."

브리스가 클레르를 돌아보며 말했다.

"거기다 무려 둘이잖아."

"됐네요."

"진지하게 하자."

로라가 손사래를 치고 클레르가 주의를 주었다.

"브리스의 제안이 마음에 드니?"

드디어 세 사람의 의견이 합의에 이르렀다.

"그래."

클레르는 몇 초 동안 생각에 잠겼다.

"우리는 1875년, 블랙힐스 지역 데드우드에 모였습니다. 기찻길은 여기까지 이어지지 않습니다. 매우 위험하고, 타락한 동네입니다. 이곳은 약육강식의 법칙이 지배합니다."

로라, 뤼카 그리고 브리스는 이야기에 완전히 사로잡혀 경청했다. 그들은 클레르가 묘사하는 배경을 머릿속으로 떠올렸다. 더러운 대로와 나무판자로 바닥을 댄 인도. 공사 중인 집들. 사금 채취용 채반을 등에 맨 채로 길을 거니는, 금광을 찾는 사람들. 부관들을 거느리고 순찰을 하는 보안관…….

"이제, 각자 자기 캐릭터를 만들어야지."

그들은 꿈에서 깨어나 클레르를 멍하니 쳐다봤다.

"자기 성별을 그대로 따를 필요는 없어. 착한 사람이어도, 나쁜 사람이어도 돼. 아니면 둘 다일 수도 있지. 그렇지만 구상이 끝나면, 이것들을 알려줘."

클레르는 손가락을 접으며 하나둘 꼽았다.

"이름, 나이, 가족, 직업, 약점과 강점. 외모는 중요하지 않아."

"뭐? 난 잘생긴 남잔데!"

브리스가 거드름을 피웠다. 클레르는 무시하고 자리에서 일어났다.

"시작해! 그동안 난 세브린느가 나무 옮기는 걸 도와주고 올게."

"사우스다코타주의 올해 겨울은 유독 매섭습니다. 데드우드는 고립된 마을입니다. 보급 물자가 들어오지 않은 지 몇 주나 지났습니다. 새들은 얼어 죽은 채로 나무에서 떨어

집니다. 매일 아침, 우리는 밖에서 밤을 새우다 도탄에 빠진 사람들의 사체를 발견합니다."

클레르는 '도'로 시작하는 단어들을 좋아한다. 도탄이나 도망처럼.

"도탄에 빠진 사람들이 뭐야?"

"너 같은 놈."

브리스의 물음에 문학적 교양이 있는 뤼카가 브리스에게 내뱉었다. 브리스는 뤼카를 밀치는 것으로 답을 대신했다.

"얘들아!"

로라가 심각하게 주의를 주었다. 그녀는 데드우드의 이야기에 빠져든 상태였다. 그녀의 캐릭터가 추위에 맞서고 있었다. 브리스와 뤼카도 곧 합류했다. 클레르는 정말 이야기를 끌어나가는 재능이 출중했다. 그녀의 정기적인 고객 중 한 사람은 그녀를 '천일야화'의 이야기꾼, 셰에라자드라고 이름 붙여주기도 했다.

"산에서 길을 잃었던 30명의 개척민이 미국 원주민 부족에게 공격을 받았습니다. 그들은 절망에 빠진 상태로 데드우드에 당도했습니다. 어떤 이들은 피를 흘리고 있습니다. 그들은 많은 시체를 뒤에 남겨두고 떠나왔습니다."

"불쌍해라."

로라가 말했다. 로라는 뼛속까지 동정심이 많은 아이다.

"투빕, 너는 뭘 하겠니?"

클레르가 뤼카에게 막, 말을 걸었다. 투빕은 아무도 알지 못하는 이유로 숨어 살고 있는 외과 의사였다. 이 인물은 어둡지만 동시에 밝은 인물이었다. 복잡하고 흥미로웠다.

"부상자들을 치료할게요."

"네가 할 일이 많을 거야. 그렇지만 부상자들이 머무를 곳이 없어."

클레르가 브리스를 돌아봤다.

"알?"

브리스는 인물을 만들어내는 데 꼼수를 썼다. 데드우드는 실제로 존재하는 작은 마을이었다. 인터넷에 마을 이름만 치면 지역 인사들을 찾을 수 있었다. 알 스워렝겐은 마을의 대표적인 술집인 크리켓을 운영하고 있었다. 그는 제일가는 포주이기도 했다. 브리스에게 딱 어울리는 인물이었다. 클레르는 이 선택에 놀라지 않았다. 그녀는 혼란을 줄이기 위해 자신의 과거를 참조했다.

"어?"

"개척민들을 돕기 위해 뭘 할 거야?"

"원한다면 내 술집에서 몸을 녹여도 좋아. 하지만 돈은 내야 해."

로라가 눈을 치켜떴다.

"한순간만이라도 관대해질 수 없어?"

"이 일들이 다 끝날 때까지 내 방에 가 있겠어."

이기주의자가 고집을 부렸다. 로라가 투덜거렸다. 그녀는 데드우드에 최근에 나타난 가수였다. 그녀를 고용할 수 있던 것은 스워렝겐 뿐이었다. 그래서 그녀는 그의 술집에서 밤마다 노래를 불렀다. 그녀와 스워렝겐은 마치 자석의 같은 극 같았다. 내버려 두면 어느 한쪽이 참지 못하고 귀를 잡아채는 건 시간문제였다.

로라가 클레르를 향해 몸을 돌렸다.

"생존자 중에 혹시 여자애가… 어쩌면 나처럼…….."

"나처럼?"

"다른 사람이 가지고 있지 않은 재능을 가진 사람을 말하는 거니?"

클레르가 설명하자 로라가 거기 동의했다.

"여자애 다섯 명이 있어."

클레르가 결정했다.

"그녀들은 뉴욕에서 성매매를 했고, 도망치기로 했어. 자신의 운을 시험해보기로 했지."

"창녀들?"

듣고 있던 브리스가 갑자기 웃음을 터뜨렸다.

"창녀들이라면 내 술집에 언제나 환영이야. 기꺼이 한턱

내지!"

"왜?"

뤼카가 절친에 대한 자기 생각을 전달하기도 전에 로라가 되물었다. 클레르는 뒤에서 오고 가는 말을 관찰했다.

"너 설마 그녀들에게 성매매를 시키려는 거야?"

"뭐 어때, 내 가게는 술집이야! 나는 자선 사업가가 아니고, 내 가게도 구호소가 아니란 말이야."

"너 진짜 끔찍하다."

"그 애들은 지금 막 죽을 고비를 넘긴 사람들이야."

뤼카의 말에 이어서 클레르가 따졌다.

"최소한의 동정심을 느낄 수 없니?"

"여긴 내 집이야!"

브리스가 고집을 부렸다. 이 몹쓸 놈의 역할에 완벽하게 어울렸다.

"내가 결정해!"

로라가 탁자를 주먹으로 내리쳤다.

"그를 만나러 가겠어."

"루루벨이 스워렝겐을 만나러 간다는 말이지?"

클레르가 정정해주었다.

"네. 이 여자애들을 제가 보호하기로 했어요. 전 그의 사무실로 올라갑니다."

"혼자 가지 마."

뤼카가 끼어들었다.

"이놈은 위험해. 내가 같이 갈게."

클레르가 눈을 가늘게 떴다. 역할극이 먹혀들었다. 아이들은 자신이 만든 캐릭터에 빠져들었다. 뤼카는 용기 없는 보호자. 브리스는 무뢰배들의 우두머리. 로라가 이 상황을 바꿀 것이다.

"노크하겠니?"

"아니요. 바로 들어갈 거예요."

"누구 맘대로! 아무도 내 허락 없이 멋대로 내 사무실에 들어올 수 없어!"

브리스가 딴지를 걸었다.

"내 부하 중 하나가 네 손목을 잡아서 꺾어버릴 거야."

브리스가 손목을 비트는 흉내를 냈다. 잔인했다. 뤼카가 끼어들었다.

"그만둬. 우린 스워렝겐 씨를 만나러 왔을 뿐이야."

"아프잖아!"

로라가 신음을 내며 말했다. 고통으로 얼굴을 찡그렸다. 클레르는 놓는 시늉을 했다. 낮은 목소리로 알의 부하 역할을 했다.

"들어가. 경고하는데, 스워렝겐 씨는 오늘 심기가 많이 불편하서."

다시 원래 목소리로 돌아왔다.

"들어갔니?"

"네."

"알, 넌 뭘 하고 있니?"

"난 사무실에 앉아서, 내 리볼버에 광을 내고 있어요."

'웃기지도 않아'라고 클레르는 생각했다.

"그래. 다시 시작하렴."

브리스는 책상 뒤에서 무기를 닦고 있는 자신을 상상했다. 로라와 뤼카는 수사슴의 머리가 걸려있는 커다란 방에 들어섰다.

"오, 사랑스러운 루루벨."

브리스가 입을 뗐다.

"그리고 내 친구 투빕. 여전히 같이 다니시네, 응? 잘 어울리는 바퀴벌레 한 쌍이야."

브리스가 뤼카에게 은밀히 눈짓했다.

"이렇게 좋은 날 웬일이신가?"

뤼카는 자칫 이야기 속에서 그는 남자 친구가 아니라고 이야기할 뻔했다. 그러나 실제로는 그랬다. 그러므로 그는 입을 다물기로 했다. 로라 마욜, 루루벨이 말을 꺼냈다.

"무슨 일인지 알 텐데."

"이 계절에 블랙힐스를 넘어가려는 무모한 생각을 했던 불쌍하고 멍청한 개척민들 말이야? 집착이 너무 심한데…."

브리스는 총신의 내부를 들여다보았다.

"벌써 대답하지 않았던가?"

뤼카는 논쟁을 하고 싶었다. 로라가 그의 손 위에 손을 올렸다. 뤼카가 한 발 뒤로 물러났다.

"부상자들이 있어. 여자들과 아이들도."

"그리고 늙은이들도 말이야, 예쁜이."

브리스, 스워렝겐이 콧날을 문질렀다. 그리고 관자놀이와 가랑이를 긁었다.

"내 마음을 바꿀 수 있는 쉬운 방법이 있을 텐데."

"뭐?"

"잘 알면서."

그가 음흉한 미소를 지어 보였다.

"네가 보호하는 여자애들…."

모두가 스워렝겐이 암시한 것을 이해했다. 브리스는 이 캐릭터의 불건전한 면을 강조하는 데 천재적이었다. 여자애들을 시험해보거나, 아니면 바른길로 인도하거나.

클레르는 '세브린느가 위층으로 올라가 다행이다.'라고 생각했다. 역할극에서 사용하는 표현이 불안했다. 너무 지나치면 역할극을 중단시킬 것이다. 뤼카, 투법도 분을 못 이기고 내질렀다.

"이… 이 멍청이! 네 목구멍을 틀어막아 주마!"

"하? 이 쥐새끼 같은 놈이! 어디 한번 해보라지. 내가 널 순식간에 털어 버릴 거야."

"브리스 말이 맞아."

클레르가 상기시켰다.

"네 캐릭터는 지적인 인물이야. 몸으로 싸우면 승산이 없어. 그리고 밖에 있는 스워렝겐의 부하들을 생각해봐. 조금이라도 의심스러운 소리가 들리면…."

브리스와 뤼카는 눈빛으로 대치했다. 로라가 분개한 상태로 이 시선 교환을 관찰하는 가운데 뤼카가 입을 뗐다.

"사람은 상품이 아니야. 여자들은 너의 욕망을 채우기 위해 존재하는 것도 아니고. 다른 사람의 욕망을 채워주고 받은 돈을, 너에게 주려고 존재하는 것도 아니지. 서로 손을 잡아야 해. 서로 도와야 한다고."

브리스는 악역에 머무를지, 뤼카를 따를지 고민했다. 마침내, 알에게 심장이 있어야 하듯, 자신도 심장이 있다는 결론을 내렸다. 그리고 그가 관대함을 보인다면 어쩌면 루루벨도….

"좋아, 내 술집을 피난처로 제공하지."

로라와 뤼카가 웃었다. 성공이다!

"좋아, 그렇지만 가슴 큰 예쁜 여자애들만 들일 거야."

아연실색.

"농담이야! 아이들과 늙은이들을 보내. 어서! 내가 크리켓을 운영하는 한 데드우드에서 개척민들이 얼어 죽을 일은 없어. 의리의 알 스워렝겐!"

"다 잘되고 있지?"

저녁이 되자, 세브린느가 정찰을 왔다.

"최고예요, 엄마!"

"오늘은 여기서 마칠까?"

"내일 다시 할까요?"

클레르의 제안에 뤼카를 비롯한 모두가 찬성했다. 모험은 이어질 것이다.

클레르의 일기

이제 정말 떠나야 한다. 아직 그들이 내 흔적을 찾지 못했다고 해도, 언제 디디에와 마리로르가 위험에 처할지 모른다. 그리고 집으로 돌아가야 한다. 부모님을 대피시켜야 한다. 내가 뭘 어떻게 해야 할지는 모르겠지만, 여기서 마냥 기다릴 수는 없다. 이탈리아와 국경을 맞대고 있는 리비에라에 친구 제스가 있다. 그녀라면 날 도울 수 있을지도 모른다. 그렇지만 어떻게 다른 사람들이 눈치채지 않게 연락할 수 있을까?

디디에는 내 아파트에 다시 가고 싶어 한다. 그건 무모한 짓이다. 그를 설득하려고 노력했다. 그렇지만 그는 분명 다시 가 보려 할 것이다. 나 또한 숨겨둔 여권과 돈이 필요하다.

역할극은 내가 이 마을에 머무는 한 계속할 것이다. 다른 사람이 되어보면, 다른 사람의 공포를 극복할 수 있고, 다른 시각을 받아들일 수 있고, 새로운 것을 배울 수 있다. 무엇보다, 역할극 안에서 벌어지는 일은 실제로 그들을 아프게 하지 않는다.

9

한눈에 반하기

브리스 캄파뇰, 즉 블랙힐스의 알 스워렝겐은 성매매로 유명한 술집 크리켓을 운영하면서 상당한 재산을 모았다. 바로 이 크리켓이 개척민의 피난처가 되었다. 밀조한 싸구려 독주는 상처 소독에 사용되었다. 어린아이들은 며칠 전까지만 해도 포커 파티가 펼쳐졌던, 그러다가 이따금 총소리가 오가며 끝이 나던 테이블 아래에서 놀았다. 소녀들은 이제는 성매매를 하지 않는다. 개척민들을 돕고, 갓난아이들의 기저귀를 갈고, 지금까지 그들에게 허락되지 않았던 삶을 살기 시작했다.

술집의 위층에서 알은 클레르가 묘사하는 광경을 관찰했다. 그는 번민에 잠겼다.

역할극이 재개되었을 때, 뤼카가 세 사람 중에서 가장 적극적이었다. 부상자들을 헤아리고, 술집에 설비를 갖추고, 치료하고…. 그의 상상력은 모두 엄마가 쉴 때 보던 응급실 드라마에서 나왔다. 루루벨은 그의 조수가 되었다. 붕대를 감고, 보살피고, 다시 반복하고…. 때로는 절단 수술을 했다. 클레르는 사람 몸을 톱으로 절단하는 장면을 생생하게 묘사했다. 이 묘사가 술에 취한 브리스를 아래층으로 내려오게 했다. 피로 얼룩진 두려운 장면이 지나가고, 겨우 그가 입을 열었다.

"이 사람들과 이야기하고 싶네."

그는 중세 영주처럼 거만하게 굴며, 그의 가엾은 백성들을 살폈다. 맹랑하긴, 어디 계속해 보라지. 거만한 브리스를 보며 클레르가 생각했다. 넌 네 앞에 무엇이 기다리고 있을지 상상도 못 할 거야.

알은 개척민들을 차례차례 만났다. 클레르의 조력으로, 개척민 모두 그에게 같은 이야기를 들려주었다. 데드우드에 도착하기까지의 험난한 여정. 길잡이의 실수. 그들은 겨울이 오기 전에 블랙힐스를 넘을 수 있다고 생각했고, 미국 원주민인 수족에게 공격당해서 많은 사람이 죽었다. 계속되는 수족의 습격. 이어지는 위기. 머리 가죽 벗기기. 늑대에게 먹힌 아이들….

"같은 값이면 다홍치마라고, 회색곰은 어때요?"

브리스가 조롱 조로 말했다. 클레르는 브리스에게 맞설 좋은 수를 가지고 있었다. 아바 맥 알리스타. 강한 여성. 그리고 과부. 브리스가 입에서 나오는 대로 지껄이는 찰나에 그 여성이 옆에 있었다. 사회자인 클레르가 그 캐릭터를 움직이기로 마음먹었다. 클레르가 짐짓 자세를 취하고, 말투를 바꿨다.

"직접 죽음을 본 적 있습니까?"

그녀의 목소리 톤이 바뀌었다. 그녀는 브리스를 응시했다. 그렇다, 그녀는 죽음을 본 적이 있다. 해골들이 눈동자들 속에서 춤췄다. 뤼카와 로라는 의자에 앉아 물러섰다. 지금 역할극은 두 사람을 중심으로 전개되었다. 클레르는 브리스의 손을 당겼다. 브리스는 이해했다.

"맥 알리스타 가문의 아바 맥 알리스타."

"알… 스워렝겐."

브리스가 자신의 손을 반쯤 끌어당기면서 대답했다. 그는 이리저리 좌우를 둘러봤다.

"당신은… 어… 동행이 없나요?

걸려들었어. 클레르가 내심 쾌재를 불렀다.

"제 남편은 지난 싸움에서 죽었습니다."

"어… 심심한 조의를 표하오."

"감사합니다."

클레르는 자신의 시선을 견디고 있는 브리스를 계속 쳐다봤다.

"자리를 비켜줄까요?"

뤼카가 제안했다. 클레르는 그들에게 미리 알려주었다. 역할극에서 각자가 개별적으로 다른 사건들을 겪을 수 있다고. 그들이 돌아왔을 때, 그들에게서 향수 냄새가 날 수도 있고, 아닐 수도 있다. 진짜 인생처럼.

"좋은 생각이야."

브리스는 심장이 격하게 떨리고 있는 와중에 제안을 받아들였다. 속으로는 아바가 그를 어떻게 요리해 버릴 것인가 자문하고 있었지만 말이다. 달곰쏩쓸한 소스로?

뤼카와 로라는 정원으로 나왔다. 눈이 계속 내리고 있었다. 그들은 눈에 뛰어 들어 양손을 위아래로 흔들며 천사의 날개를 그릴 수도 있었다. 그렇지만 그들은 그네에 앉는 것을 더 좋아했다.

"너희 부모님은 왜 이혼하신 거야?"

뤼카가 별생각 없이 질문을 던졌다. 그의 부모님은 서로 사랑했다. 서로 좋아했다. 여러 번의 파산으로 점철된 40대의 고비에도 이 커플은 어쨌든 잘 견뎠다. 주변 경험에 비

추어 볼 때, 중학생에게 부모의 이혼은 끔찍한 재난이었다.

"우리 부모님은 서로 사랑하지 않았어. 서로 비난하기 바빴지."

"미안해."

"됐어."

뤼카는 갑자기 스스로 바보처럼 느껴졌다. 로라 부모님의 애정사는 그가 끼어들 일이 아니다. 그는 핵심으로 돌아왔다. 바로 그들, 둘.

"남은 방학은 여기서 보낼 거야?"

"어."

"같이 뭐 할까?"

"뭘 하다니?"

"음… 어… 다시 영화관에 간다든지…….."

"스크래블[1]을 한다든가…….."

로라가 놀리는 말투로 말을 받았다.

"새들을 바라보거나."

뤼카는 텅 빈 하늘을 유심히 살피는 척하다가 로라의 반짝이는 눈망울로 시선을 돌렸다. 시도 때도 못 가리고 날뛰는 브리스의 뇌와는 반대 의미로, 잘못 훈련되었던 그의 뇌가 마침내 폭발했다. 뤼카는 그네 사슬을 잡고, 로라를 자

---

1 주어진 알파벳으로 단어를 만들어내는 보드게임.

기 쪽으로 당겼다.

팔들이 서로를 붙들고, 손들이 볼을, 목덜미를, 관자놀이를 쓰다듬었다. 입술들이 서로 만났다. 혀들이 움직였다.

그네의 사슬이 배배 꼬였다. 그러다가 이 비틀림이 서로 사랑하는 연인들을 단념하게 하고, 다시 반대 방향으로 풀어지는 순간이 왔다. 회전목마 같았다. 그렇지만 그런 것 따윈 그들의 머릿속에 없었다.

아바 맥 알리스타와 알 스워렝겐은 주사위로 그들의 미래를 결정하기로 했다. 인물 설정에 따르면, 알은 쉽게 사랑에 빠질 인물이 아니었다. 그가 사랑에 상처받은 적이 있었을까? 아니면 그의 어머니가 그를 충분히 사랑해주지 않았나? 이유는 알 수 없지만 여성에 대한 그의 관심은 오직 섹스에만 한정되었다. 그는 어떤 감정, 존경, 공감의 여지도 남겨두지 않았다. 그는 항상 약자로 분류되곤 하는 이 여성이라는 성별을, 절대 완전히 충족되지 않을 짐승적 본능을 채우기 위해서만 이용한다. 혹은 단순히 돈을 벌기 위해서만.

바로 아바가 이 상황을 바꾸기 위해 나섰다.

"내가 사랑에 빠진다고요?"

브리스가 물었다. 그는 자유롭고, 또 자유로운 상태였다. 이 가짜 사촌이 자신을 어딘가 다른 곳으로 데려가려고 한다는 것을 느꼈다. 어디로? 짐작도 할 수 없었다. 그렇지만 마음대로 되지 않을 것이다.

"주사위를 던지자."

"주사위요?"

그녀가 주머니에서 주사위 2개를 꺼내, 하나는 브리스에게 주고 하나는 자신이 들었다.

"내 숫자가 너보다 크면, 아바는 너를 사랑하고, 너는 아바를 사랑하지 않아. 만일 네 숫자가 더 크면⋯."

"알이 그녀를 사⋯."

브리스가 말을 멈췄다. 사랑. 그의 입에는 너무 낯선 단어였다.

"그는 그녀를 사랑하고, 아바는 그렇지 않을 거야."

"숫자가 같으면⋯?"

"서로 한눈에 반하는 거지."

브리스와 클레르는 주사위를 흔들고 동시에 던졌다. 결과가 나왔다. 브리스는 환각을 보는 것 같았다.

"믿을 수 없어."

클레르는 주사위를 회수했다. 그녀는 안심했다. 적어도 아바는 안심했다.

"자 그럼, 알. 내가 당신을 알이라고 부르게 해주겠죠? 우리 어디까지 했죠?"

주사위 두 개가 모두 6! 한눈에 반하기! 이보다 좋을 수는 없다.

클레르와 브리스는 주사위 눈에 따라 한눈에 사랑에 빠지는 연기를 했다. 그는 진지했고, 감동적이었고, 유달리 서툴렀다. 알은 브리스처럼 난생처음 남의 환심을 사기 위해 노력했다. 그건 꽤 볼만한 몸부림이었다.

알은 아바에게 드레스를 선물했다. 죽은 그의 남편에 관해, 그녀가 살아온 삶에 관해, 그녀의 아이들에 관해 질문했다. 감동한 아바는 스코틀랜드에 대해서, 스코틀랜드를 떠나기로 결정한 일에 대해서, 미국 서부의 꿈에 대해서, 데드우드에 도달하기까지의 이야기를 들려주었다.

알은 자신이 술집을 운영한다는 것과 포주라는 사실을 떠올렸다. 그런 자신이 어떻게 아바와 함께 하는 삶을 꿈꿀 수 있을까? 깊은 구렁이 그들 사이를 갈라놓고 있다.

그들이 다다를 곳은 그저 더 아름다운 곳일 뿐이라고 아바가 주장했다. 애정은, 사랑은, 산도 옮길 수 있다.

클레르는 여기서 멈추려고 했다. 브리스의 볼이 발갛게 물들었다. 조금만 더 있었다면 스워렝겐은 이 과부에게 자신의 침실로 올라가자고 할 참이었다. 19세기에 어떻게 드레스를 벗겼는지에 대한 이야기가 될 것이었다.

"뤼카랑 로라를 불러오자"

"벌써요?"

브리스가 항의했다.

"왜요?"

"수족이 마을을 공격하려고 준비 중이야."

"아, 뭐야, 진짜 구리다. 가서 불러올게요."

브리스가 거실 창문으로 뛰어갔다. 그는 자기의 제일 친한 친구가 로라와 입을 맞추고 있는 모습에 깜짝 놀랐다.

"저 멍청이…."

브리스는 한 번 혀를 차고는, 손가락으로 다급하게 휘파람을 불었다.

"어이, 거기 연인들! 어서 돌아와! 원주민들이 곧 마을을 공격할 거야!"

10

브리스 2.0

PAIX, SEXE ET AMOUR

몸에 2차 성징이 나타나면서부터 브리스는 매일 아침을 지독한 발기와 함께 맞이했다. 오늘도 마찬가지였다. 그의 꿈에 원주민들과 아바, 뤼카 그리고 로라가 나왔다. 즐거웠던 꿈은 잠에서 깨는 동시에 산산이 흩어졌다. 브리스는 이불을 들어 올려 자랑스럽게 곧추세워진 자신의 분신을 응시했다.

"오른손은 휴식!"

만두처럼 이불을 돌돌 감아 다시 늦잠을 자기 전에 브리스가 선언했다. 무엇보다도, 지금은 방학이다!

2시간 후, 이번에는 남성 생식기관의 본능이 아닌 방광이 그를 깨웠다. 그는 몸이 시키는 대로 하기로 했다. 선택의 여지가 없었다.

주방이 뒤죽박죽이었다. 아빠는 없었다. 지금 아빠가 나가야 할 현장은 없을 텐데? 엄마의 자취도 보이지 않는다. 세상에 혼자 남겨졌다. 쪽지도 남겨놓지 않았다. 이상하다….

브리스는 그릇에 시리얼을 담고 우유를 부었다. 오늘 하루는 무엇으로 채워볼까 생각하며 아침을 먹었다. 역할극을 계속해야지. 어제는 수족이 데드우드를 둘러싼 산을 질주하고 있는 장면에서 역할극을 멈췄다. 전투는 어떤 자비도 없이 치러질 것이다. 알 스워렝겐은 사자처럼 당당히 맞서 싸웠다.

"이 야만인들이 나의 아바를 데려가게 할 순 없어!"

그의 눈길이 학교 가방에 닿았다. 방학식 이후 열어보지조차 않은 가방이다. 확실히 브리스는 예전과 달랐다. 예전이라면, 그는 개학 전날까지는 가방을 열어보지 않을 것이었다. 그러나 지금, 그는 가방에서 연습장을 꺼냈다. '조르주 상드의 《소녀 파데트》 읽기'. 그는 그가 독파해야 하는 조르주 상드의 책을 집어 들었다.

브리스는 요약본을 읽고, 책을 훑어보고, 이 단락 저 단락을 넘나들다가, 다시 가방에 던져 넣었다.

"쳇, 괴물이 안 나오잖아. 인터넷에 대충 독후감이나 다운 받아서 베껴야지."

게으름뱅이가 결심했다. 대신, 브리스는 모두에게 나눠준 교육용 책자를 낚아챘다. 성에 관한 문제를 다루고 있었다. 그는 이 책을 훑어보았다. 이 주제에 대해서는 누구보다 더 많이 알고 있다고 생각했다. 인터넷에서 본 것뿐이었지만.

책자를 펼쳐 전염성 성병, 임신 중절, 동성애 항목을 찾아 읽었다. 저자들은 사랑을 나누는 행위를 기계적 행위에 한정하지 않았다. 상대에게 기쁨을 주고, 자신의 몸을 탐색하고, 친밀한 시간을 나누는 것이라고 설명했다.

"뭐 읽니?"

클레르가 부엌 문간에 서 있었다. 헝클어진 머리, 피곤함에 절어있는 눈. 브리스는 책자를 황급히 감추고 조르주 상드의 소설을 집어 들었다.

"아, 아무것도 아니에요. 그냥 학교 숙제. 근데 오늘 엉망이네요."

"칭찬 고마워."

클레르는 하품을 하고, 커피 한 잔을 따라 브리스 맞은편에 앉았다.

"잠을 좀 설쳤어."

그녀는 커피를 한 모금씩 마셨다. 브리스는 며칠 전까지만 해도 아무도 모르던 이 인물을 관찰했다. 여전히 그녀가 사촌이라는 말은 믿지 않았다.

"부모님은 어디 나가셨니?"

브리스는 정말로 변했다. 원래의 브리스라면 저 부드러운 입술 사이에서 나온 저 말은 이런 반응을 이끌어내야 했다. 그래, 우리 부모님이 나갔지, 우리 둘뿐이야, 너도 나도 자유야, 우리 이제 즐겨보자, 자기….

저 생각 중 무엇도 이 소년의 뇌를 스쳐 가지 않았다. 신경세포들은 어떤 관능적인 이미지도 전달하지 않았다.

"그러게요. 어디 갔는지는 모르겠네요."

'잘 지내시길 바라요.'

브리스는 갑자기 심장이 꽉 조여지는 걸 느꼈다.

"언제 다시 시작해요?"

"데드우드?"

클레르의 되물음에 브리스가 고개를 끄떡였다.

"오후 3시? 다른 두 사람도 불러줄래?"

브리스가 동의했다. 클레르는 일어나 컵을 씻고 기지개를 켰다.

"나는 좀 더 잘게. 이따 보자."

"이따 봐요."

브리스가 대답했다. 마지막에 '아바'라고 부르려는 것을 간신히 참았다.

브리스는 바깥 공기를 쐬기로 했다. 거듭 말하지만, 그답지 않은 일이었다. 브리스는 빠떼¹를 넣은 샌드위치와 만약을 대비한 시리얼을 챙기고, 마을 변두리를 걸어 귀신 들린 집에 도착했다. 만약 이 장면을, 아들이 방 안 화면 앞에 주저앉아 비디오 게임을 하는 대신 밖으로 나온 걸 엄마가 봤다면, 분명 어딘가 아프다고 확신했을 것이다.

그러나 핸드폰에서는 오래 떨어져 있을 수 없었다. 100미터 걷고 핸드폰을 꺼내 뤼카에게 전화를 걸었다.

"야, 뭐하냐?"

"안녕, 나 로라랑 있어."

브리스가 말을 멈췄다.

"아…."

"우리 공부해."

"너희… 뭐?"

"독후감 쓴다고."

"아주 잘하는 짓이다."

예전의 브리스라면 신나서 절친을 방해하러 갔을 것이다. 그렇지만 그는 친구를 내버려 두기로 했다.

"오후 3시에 다시 시작하기로 했어."

---

1 간이나 자투리 고기, 생선 살 등을 갈아서 밀가루 반죽을 입히고 오븐에 구워낸 프랑스 요리.

"좋아! 이따 봐!"

그리고 뤼카는 전화를 끊었다. 브리스는 핸드폰을 유심히 응시했다. 당황스러웠다. 뤼카가 먼저 전화를 끊었다. 진짜 엄청나게 화났을 때, 바로 얼마 전의 그 한 번을 빼고, 뤼카는 절대 전화를 먼저 끊은 적이 없었다. 그는 이 즐거움을 대화의 신, 브리스에게 늘 양보했었다.

"와, 얘 잘 나가네."

스스로 두목을 자처하는 자가 깨달았다.

뤼카한테 여자 친구가 생겼다…. 그러나 브리스에겐 환상 말고 뭐가 있단 말인가?

"여자를 찾아야 해!"

그는 다시 걸음을 재촉했다. 중학교 여자애들을 마음속으로 한 명씩 떠올리며 샌드위치를 먹어 치웠다. 기가 센 리더 격 여자아이들은 그의 영역 밖이다. 그리고 형편없다. 로라의 여자 친구? 서둘러서는 안 된다! 그렇게 급하진 않다!

"게다가 그건 우주에 사는 참치 같은 거야! 그런 건 없어!"

한 여학생이 떠올랐다. 에믈린. 4학년이다. 작다. 안경을 썼고, 완전 엉뚱했다. 브리스는 그녀가 모두의 앞에서 자신을 찾는 3학년생에게 가운뎃손가락을 들어 올리는 것을 보았다. 강한 소녀다.

"야, 임마. 걔는 사팔뜨기야."

자신에게 상기시켰다.

"돌아버린 거 아냐?"

어쨌든. 에믈린에 대해 생각하자 몸에 전율이 흘렀다. 브리스는 그렇게 반쯤 꿈을 꾸는 듯한 기분으로 1킬로미터를 걸었다. 이 시간 동안, 뇌의 다른 부분도 놀고 있진 않았다. 훨씬 걱정스러운 생각이 떠올랐다. 클레르, 어쩌면 진짜 이름이 따로 있을지도 모르겠지만 하여튼, 그녀에 관한 것이었다.

그것은 진짜 중요한 문제였다. 그녀에 대해 아무것도 아는 것이 없다. 시골 마을 청소년들의 역할극을 이끄는 착한 진행자라는 겉모습 뒤에 어떤 모습이 감춰져 있을까?

"대체 뭐 하는 계집이지?"

무엇보다, 그녀는 무엇을 원하는 걸까? 혹시 아빠에게 눈독을 들이는 걸까? 그녀는 젊다…. 그렇지만 뭐…. 혹시 엄마를 밀어내려는 건가? 산란한 생각이다. 어쩌면 혹시 어젯밤에 집에서 무슨 일이 벌어졌던 것일지도 모른다. 클레르가 아침에 일어났을 때 모습을 잘 관찰했어야 하는 건데……. 부모님은 대체 어디 가신 걸까? 아빠와 클레르가 바람피우는 현장을 엄마가 맞닥뜨린 걸까? 설마 진짜로 아빠가 부인과 자식을 버리고 젊은 여자를 택할까? 그러면 엄마는 로라네 엄마처럼 술에 빠져 살거나 우울해질 것이다. 그러면 브리스는 다른 집이나 보호소에 맡겨질지도 모른다!

"안 돼, 안 돼, 그건 절대 안 돼."

위험하고 긴급했다. 클레르가 무단으로 눌러앉은 뒤로, 브리스의 이성이 마비되어 있었다.

"섹스에 정신이 팔려서 판단력이 흐려졌던 거야, 그래."

부모님이 말도 없이, 그가 일어나기도 전에 사라졌다. 이건 분명 정상이 아니다. 집으로 돌아가 침입자를 감시해야 한다.

"내 게임기를 훔쳐 도망갔을지도 몰라."

브리스는 몸을 돌려 가능한 빨리 집으로 향했다. 집에 도착했지만, 바로 들어가지는 않았다. 거실 창문에 접근해 안을 살폈다. 클레르는 벽난로 앞에 앉아 있었다. 클레르는 불안한 몸짓으로 손톱을 가다듬고 있었다. 그녀가 아빠의 스웨터를 입고 있었다.

"뭘 하는 거지?"

클레르는 책상 위에 놓인 노트북을 들고 위층으로 올라갔다. 지금 노트북을 훔쳐 간 건가? 브리스는 잠입술을 쓰기로 했다.

그는 생쥐보다 더 조용하게 집으로 들어가 자기 방으로

기어 올라갔다. 망가진 지붕으로 미끄러져 들어가 들보 위로 전진했다. 손님방 위의 구멍에 다다르자, 몸을 쭉 펴고 구멍을 들여다보았다.

클레르는 구멍 바로 아래에 있었다. 열중해서 키보드를 치고 있었다. 관찰자의 임무에 따라 브리스는 노트북에 나타난 화면을 보았다.

클레르는 5분 동안 노트북을 사용했다. 그리고 노트북을 닫고 아래층으로 내려갔다. 제자리에 가져다 놓으려는 게 분명했다. 브리스는 그대로 포복 자세를 유지한 채, 자기 방 침대까지 기어갔다. 방 침대에 누워서 천장을 주의 깊게 응시했다.

그는 경악했다. 그가 틀리지 않았다. 저 여자는 위험하다. 쫓아버려야 한다. 그와 그의 부모님과 그의 친구들이 그녀를 쫓아버려야 한다.

"나쁜 년."

그가 한숨을 내쉬고는 머릿속으로 클레르의 가면을 벗기고, 무력화시키고, 쫓아낼 계획을 세웠다. 분노가 목구멍을 죄어왔다. 한때는 그들의 친구라고 믿었다.

"두고 봐."

이를 꽉 다물고 다짐했다.

"어디 한번 두고 보라고."

11

나쁜 생각들

디디에 캄파뇰은 돌아오는 길에 계속해서 백미러를 확인했다. 시내에서는 일부러 왼쪽, 오른쪽으로 코너를 돌며 뒤를 살폈다. 가능한 복잡한 길로 돌아 외곽 순환도로를 탔다. 요금소를 지나치고, 그리고 고속도로를 탔다. 어떤 자동차도 그를 따라오지 않는 것이 명백했다. 그렇지만 그는 그의 집을 몇 킬로미터 남겨놓은 허허벌판에 도착할 때까지 긴장을 놓을 수 없었다.

어젯밤을 뜬눈으로 새우며 그는 클레르의 아파트로 돌아가기로 결심했다. 마리로르는 옆에서 자고 있었다. 혹은 자는 것처럼 보였다. 지난 이틀 동안 부부는 서로 말을 하지 않았다. 시시한 농담조차 하지 않았다. 이 소녀의 존재는 그들의 관계에 치명적이었다. 그녀와 디디에 사이에 아무 일이 없었더라도, 그녀는 떠나야 했다. 그러나 그는 그녀를 밖으로 내쫓지도, 그녀가 말한 것처럼 경찰에 넘기지도 못한다. 그녀에게는 돈과 여권이 필요했다.

그는 꼭두새벽부터 건물 아래에 주차해 있었다. 악당들의 자동차는 여전히 그곳에 있었다. 덩치가 큰 쪽이 차 안에 있었다. 덩치가 잠을 쫓기 위해 사투를 벌이고 있었다. 디디에는 최소한 한 시간을 자신의 승합차 안에서 숨을 죽이고 기다렸다. 그놈이 차에서 내려 조금 멀리 떨어진 술집으로 들어갔다. 지금이다!

디디에는 건물로 들어갔다. 이웃집 벨을 누르고, 이른 시간에 방해한 것을 사과했다. 그는 클레르의 짐을 챙기러 왔다. 비몽사몽 상태의 이웃집 남성은 이웃집 여성과 며칠 전에 통화했었다. 그녀가 디디에의 방문을 미리 알렸다. 그는 아파트 열쇠를 디디에에게 건넸다.

클레르의 아파트는 꼭대기 층이었다. 깨끗하고 잘 정리된 원룸. 그가 상상한 것과 정반대였다. 디디에는 어떤 불도 켜지 않았다. 그는 그가 찾는 것이 어디 있는지 알고 있었다. 비밀 공간은 욕실 가구 뒤였다. 화장품을 멀리 치우고, 탈부착 가능한 널빤지를 당겼다. 비밀 공간에는 비닐봉지가 있었다. 봉지 안에는 5,000유로의 지폐 다발과 여권이 있었다. 사진은 그녀가 맞았다. 이름은 아니었다.

디디에는 다시 내려갔다. 열쇠를 이웃에게 돌려주고, 아무 일도 없다는 듯이 건물을 빠져나갔다. 덩치는 벌써 차 안으로 돌아와 있었다. 그렇지만 아무 반응도 하지 않았다. 디디에는 집으로 돌아왔다. 거의 정오가 다 되었다. 그가 집에 돌아와 처음으로 알아챈 것은 마리로르가 집에 없다는 것이다.

갑자기 그는 겁에 질렸다. 그녀가 떠나버린 건 아닐까? 그는 아내의 전화번호를 눌렀다. 음성사서함으로 넘어갔다. 아주 상냥한 메시지를 남겼다. 이제 모든 일이 끝났다고 이야기했다. 이 메시지가 사랑하는 마리로르를 안심시킬 수 있어야 할 텐데. 오늘 저녁이면 클레르는 떠날 것이다.

클레르는 부엌에 앉아있었다. 손에 찻잔을 쥐고 있었다. 낯빛이 어두웠다. 디디에는 비닐봉지를 그녀 앞에 놓았다. 그녀가 알아차렸다.

"제 아파트에 다녀오셨어요?"

그녀의 얼굴에서 공포를 읽을 수 있었다.

"아무도 없었어."

그가 거짓말을 했다.

"걱정하지 마. 그들은 이제 지키고 있지 않았어."

그가 앉았다. 1미터의 거대한 떡갈나무가 그들을 갈라놓고 있었다. 클레르는 가방을 열어 여권을 꺼내고 돈을 바라봤다.

"떠날게요. 오후에는 여기에 없을 거예요."

"원하면 역에 데려다주마."

"네, 역까지만요."

그녀는 이미 자신을 다른 도시로 데려다줄 기차를 알아보았다. 이탈리아 국경 근처의 리비에라에 도착할 밤 기차를 탈 것이다. 그곳에는 친구가 산다. 그곳에 도착하면, 안심할 수 있다. 클레르의 어깨가 내려앉았다.

"감사해요."

"천만에."

디디에가 일어섰다.

"몇 시에 나갈래?"

"오후 5시면 좋을 것 같아요."

"그래."

그는 주방을 나가 작업실로 향했다. 마리로르가 돌아올 때까지 그곳에 틀어 박혀있을 것이다. 클레르는 차를 다 마셨다. 캄파뇰 가족, 특히 디디에는 자신의 인생을 구해줬다. 어떻게 보답할 수 있을까?

뤼카는 1,000피트 상공을 날고 있었다. 평상시보다 훨씬 높이 날았다. 그네에서의 그 키스 이후, 그는 줄곧 둥둥 떠다니는 채였다. 가족들도 일찌감치 눈치챘다. 아침 먹을 때 그의 표정을 보면서, 같은 것을 몇 번이나 물으면서, 그의 코를 손가락으로 치면서, 아빠는 그에게 말했다.

"뤼카? 거기 있니? 듣고 있어?"

"내버려 둬. 좋을 때잖아."

엄마가 상기시켰다.

"진짜야?"

뤼카는 바보 같은 웃음을 지으며 고개를 끄덕였다.

"아들, 우리 피임에 관해서 이야기해야겠다!"

아빠가 과장되게 목소리를 내리깔며 말했다.

"보리스!"

"뭐 어때, 얘들도 애를 만들 수 있는 나이라고. 벌써 할머니가 되고 싶어서 그래?"

보리스가 행주로 무릎을 맞았다.

"말이면 다인 줄 알아!"

"응, 말이면 다인 줄 알래, 아빠."

뤼카가 최면에 걸린 사람처럼 말을 따라 했다.

"세상에! 얘 정말 혼이 다 빠졌네."

보리스가 확언했다.

"좋아. 뤼카, 형 사뮈엘을 마중하러 같이 가자. 너 바깥바람 좀 쐬어야겠다."

"알았어요."

역할극을 하기 위해 로라를 만나는 건 오후 3시다. 적어도 그때까지 시간을 때울 수 있을 것이다.

역까지 20분은 걸린다. 뤼카는 아빠의 쏟아지는 질문들에 둘러대느라 고역이었다. 로라지, 그렇지? 키스는 했니? 심장이 두근두근 뛰어?

"아빠!"

"그래, 그래. 그럼 진지한 이야기를 해보자."

보리스는 라디오 볼륨을 줄였다. 뤼카는 목을 움츠렸다. '진지한 이야기'라는 게 무슨 뜻일까?

"말해봐. 콘돔은 제대로 썼지?"

"아! 빠!"

기차가 연착되었다. 아빠와 아들은 역 카페에서 당구를 치며 기다렸다. 샘이 탄 기차가 마침내 도착했다. 오늘의 주인공이 기차에서 내렸다. 크고, 힘세고, 쾌활한 샘. 여드름으로 뒤덮인 볼. 이 방탕아는 내리자마자 아빠의 품에 몸을 던져 안겼다가, 남동생의 머리카락을 헝클어뜨렸다.

"그 녀석 너무 뒤흔들지 마."

보리스가 충고했다.

"쟤 지금 사랑에 빠졌어."

"와! 제법인데? 너무 빠른 거 아냐?"

"놔줘."

"상대는 누군데?"

샘이 계속해서 물었다.

보리스가 입을 꾹 다물고 있는 뤼카를 대신해 대답했다.

"로라야. 이웃집 딸."

"그 로라?"

샘이 동생에게 다시 팔을 뻗었다.

"대단해, 브라더! 한 건 했는데?"

예상했던 대로다. 뤼카는 학교에서 혹은 포도밭에서, 로라와 함께 있을 때, 아빠나 형이 하는 것처럼 마초적으로 감정 표현을 할 생각이 절대 없다. 그렇다고 하지만, 어떤 자부심이 느껴지는 것을 막을 수는 없었다.

멋진 휴일의 멋진 식사다. 안느는 감자를 듬뿍 넣은 그라탱 도피누아와 샘이 제일 좋아하는 디저트인 디플로매트 케이크를 만들었다. 샘은 외지에서 자기가 어떻게 지내는지 세세하게 이야기했다. 그가 수습으로 일하고 있는 큰 레스토랑의 요리사들이 얼마나 재빠르게 일하는지. 그리고 서핑….

"너, 서핑도 하니?"

엄마가 놀라서 샘의 말을 끊었다. 그녀의 첫째 아들이 파도에 휩쓸려 거대 오징어가 파놓은 구덩이로 휩쓸려가는 것을 떠올렸다. 누가 뤼카의 엄마 아니랄까봐, 그녀도 이야기를 상상하는 것을 좋아했다.

"가끔요. 그런데 서핑 모임에는 자주 가요."

뤼카의 형은 운동에 젬병이다. 무슨 이유로 서퍼들과 어울리는 걸까? 드물게 동생이 형에게 한 방 먹일 수 있는 절호의 기회를 찾아냈다.

"모임? 무슨? 친구들 모임? 여자랑 남자랑?"

순간 샘의 얼굴이 빨개졌다.

"여자 친구 이름이 뭐야?"

뤼카가 계속했다. 핵심을 찔렀다.

"신경 꺼. 머리에 피도 안 마른 게!"

"오!"

보리스가 외쳤다.

"뤼카가 맞았네. 너 여자 생겼구나!"

"꼭 여자란 법은 없죠."

뤼카가 상기시켰다.

"잘생긴 캘리포니아 서퍼, 브랜던? 아니면 케빈?"

샘은 동생의 목을 조르기 위해 남은 그라탱 위로 뛰어오를 기세웠다.

"이름이 뭐야?"

보리스가 다시 물었다.

"뤼시."

사뮈엘이 항복의 한숨과 함께 털어놓았다.

"사랑에 빠졌네!"

뤼카가 기뻐하며 말했다. 그는 동시에 약간 걱정이 되었다. 이런 감정을 가지면 언제나 약간 바보 같아지는 걸까?

그때 갑자기 보리스가 테이블을 두 손으로 내리쳤다. 모두가 소스라치게 놀랐다. 늘 그랬던 것처럼 코를 골며 자는 루푸스만 빼고. 우렁찬 목소리로 그가 선언했다.

"아들들아! 피임 이야기를 해야겠다!"

"아! 빠!"

샘은 식사가 끝나기도 전에 사라졌다. 그래서 뤼카가 식탁을 정리하고, 설거지를 도와야 했다. 형이 있을 때는 항상 형이 우선이었다. 그래도 막냇동생은 부모님을 많이 원망하진 않았다. 조금은 했다.

로라에게 문자를 보냈다. 로라는 대개 바로바로 답장했다. 달콤하고 상냥한 말들이 오갔다. 서로가 서로를 생각했다. 뤼카는 이것이 즐거웠다. 꼬리를 힘차게 흔드는 네발

동물이 그의 코앞으로 뛰어올랐다.

"산책하고 싶어, 루푸스?"

폭스테리어가 낮잠에서 깼다. 그리고 뛰는 꼴을 봐서는 완전히 기운을 차린 모양이었다. 뤼카는 재킷을 껴입고, 문을 열었다. 개는 술 창고로 쓰이는 헛간으로 로켓처럼 뛰어나갔다.

"어, 기다려!"

눈밭은 루푸스의 발자국으로 더러워졌다. 어둡고 묵직한 하늘 아래, 지난날의 환상의 세계는 멀어져갔다. 뤼카는 루푸스가 들어가 버린 술 창고까지 뛰어갔다. 부모님은 위층으로 올라갔다. 이 개가 무슨 냄새를 맡은 걸까? 동물?

"야, 이 똥강아지야, 이거 안 봐!"

샘의 목소리였다. 뤼카는 샘의 목소리와 강아지가 즐겁게 짖는 소리를 따라 들어갔다. 그의 큰 형이 술통에 기대 담배를 피우고 있었다.

"담배 피우니?"

뤼카를 발견한 사뮈엘이 담뱃갑을 내밀었다. 그는 죽음 어쩌고 하는 흡연 경고 문구를 보며 이 끔찍한 막대를 빨고 싶진 않았다.

"아냐, 됐어."

"엄마랑 아빠한테 말 안 할 거지?"

여느 부모와 마찬가지로 안느와 보리스도 그들에게 흡연 문제에 대해서 여러 번 설교를 늘어놓았다.

"엄마 아빠가 알면 용돈을 끊어버릴 거야."

"걱정하지 마. 여자 친구, 그 서퍼는 뭐라고 안 해?"

"걔도 담배 피워. 뭐라고 하긴."

"대박. 잘 만났네."

뤼카의 핸드폰이 주머니에서 울렸다. 그는 핸드폰을 꺼내 문자를 읽었다.

"여친?"

"아니, 브리스. 나 좀 보자네."

뤼카는 빠르게 답장을 눌렀다.

"심각하네. 어쨌든 역할극 때문에 곧 볼 거면서."

"역할극?"

뤼카는 사뮈엘에게 클레르가 체험하게 해준 그 경험들에 대해 모두 이야기했다. 조금씩 이야기하다 보니 브리스와 클레르 사이에 존재하는 미묘한 알력 다툼에 관해서까지 이야기하게 되었다. 그때 갑자기 루푸스가 네발로 일어나서 바깥쪽으로 돌았다. 침입자의 냄새를 맡고 격렬하게 짖었다. 사뮈엘은 서둘러 신발로 담배를 비벼 끄고, 꽁초를 주머니에 감췄다. 브리스가 볼이 빨개진 채 나타났다.

"너 왜 이리 왔어?"

뤼카가 놀라 물었다. 그는 친구에게 로라네 집에서 만나자고 답장을 보냈었다. 원래 뤼카는 역할극 전에 로라와 조용히 시간을 보내려고 했었다.

"흐아… 너 이걸… 봐야…."

브리스가 숨을 헐떡이며 말을 이어가려고 노력했다.

"한 대 피울래?"

사뮈엘이 악마 같은 담뱃갑을 내밀며 권했다. 브리스는 여러 가지 말썽을 피우지만, 담배는 피지 않는다. 고개를 젓고, 숨을 깊게 들이마셨다. 형제에게 눈을 고정하고, 한참 샘을 바라보았다.

"지금 우리 집에 여자애가 한 명 머물고 있는데, 혹시 알아요?"

"사촌이라며?"

"이야기했구나! 이젠 걔의 정체를 완전히 알았어!"

"정체가 뭔데?"

뤼카는 알고 싶었다.

"창녀."

"뭐래, 미쳤어?"

'드디어 여기까지 왔네.'라고 생각하며 뤼카는 속으로 혀를 찼다. 그러자 브리스가 억울하다는 듯이 핸드폰을 치켜들었다.

"나 못 믿어? 보여줄게. 아씨, 신호가 안 잡히잖아!"

브리스가 발을 동동 굴렀다.

"워워, 우리 집으로 가자."

사뮈엘이 진정시켰다.

"뤼카 노트북은 인터넷 될 거야."

세 소년이 뤼카의 침대에 걸터앉았다. 브리스는 무릎 위에 노트북을 놓고 인터넷을 켜더니, '에스코트 걸'을 검색해서 세 번째 사이트에 들어갔다.

"라운지?"

뤼카가 사이트 이름을 따라 읽었다. 열린 페이지는 분명 회원제 클럽 대문이었다. 이 대문 뒤에는 흥미로운 것들이 줄줄이 기다리고 있었다. 아이디와 비밀번호를 넣으며, 브리스가 말했다.

"걔가 아빠 노트북을 건드리는 걸 봤어. 무슨 못된 짓을 하는지 감시하려고 지붕으로 올라갔지."

"지붕 위로 올라갔다고?"

샘의 물음에 브리스가 자신의 비밀 전망대를 자세히 묘사했다.

"썩 보기 좋은 꼴은 아니었겠네."

"하여간 그렇게 보니까 이 사이트에 접속하더라니까?

자, 봐봐."

라운지의 출입구가 그들 앞에 열렸다. '골든보이'라는 계정의 페이지가 열렸다.

"잠깐, 이거 네 계정이야?"

샘이 물었다.

"까짓 뭐 별거 있나. 나이만 속이면 돼. 처음 3일은 무료 사용이고."

"하나도 이해를 못 하겠어."

뤼카가 마침내 두 손 들었다.

"이 사이트가 뭐 하는 덴데 이래?"

"네가 절대 가면 안 되는 곳."

형이 조언했다.

"행여라도 브리스 같은 짓 할 생각 마라."

샘은 브리스가 애써 만든 프로필을 꼼꼼히 살폈다.

"190cm. 80kg. 파란 눈. 취미는 암벽등반과 사바트[1]. 이럴 거면 이름을 장클로드 반담이라고 지었어야지!"

브리스, 이 멍청이는 이걸 칭찬으로 들었다. 샘이 계속해서 읽어내렸다.

"자연, 모닥불, 열정적인 포옹을 좋아하십니까? 당장 저에게 연락하세요. 당신 가슴 속에서 끓어오르는 열정을 일

---

1 팔과 다리를 모두 사용하는 프랑스 무술.

깨워드립니다."

사뮈엘이 마침내 못 참고 웃음을 터뜨렸다.

"이걸 보고 연락이 오겠냐? 그 가슴 속 끓어오르는 열정 좀 보여줘 봐."

브리스는 살짝 토라진 얼굴로 사뮈엘에게서 노트북을 잡아챘다.

"이 사이트가 뭐냐니까?"

뤼카가 재차 물었다.

"온라인 데이트 사이트야, 좀 고급진. 자, 이것 좀 봐."

현 위치를 설정하고, '클라라'라는 이름을 찾아보았다. 프로필이 여러 개 나타났다. 그가 하나를 골랐다.

"클레르잖아!"

뤼카가 알아봤다. 클레르의 사진이 프로필에 나와 있었다. 가터벨트를 착용하고 있는 사진이었다. 하늘거리는 하얀 가운 아래 그녀의 몸매가 드러났다. 뤼카는 고개를 돌렸다. 빠르게 머리를 굴렸다.

"데이트 사이트에 올라와 있는 것뿐이잖아. 그래서?"

그가 따졌다.

"이게 성매매를 한다는 뜻은 아니잖아."

"맞아, 친구. 나도 그렇게 생각했지. 그래서 메시지를 보냈어."

"뭐라고?"

"점점 흥미로워지네."

사뮈엘이 논평을 덧붙였다.

"그리고 답장이 왔어. 이것 봐. 우리가 주고받은 메시지를 읽어 볼래?"

브리스는 프로필로 돌아와서 채팅방을 열었다. 지난 채팅 기록이 남아있었다.

'조건?'

뤼카는 이게 무슨 뜻인지 생각했다. '만나기 전에 시험이라도 있다는 건가?' 보다 못한 사뮈엘이 설명했다.

"돈을 받는 조건으로 만난다는 거야. 브리스 말이 맞았어. 창녀야."

"그렇지만…. 그렇다면 왜 너희 집에 머무르고 있어?"

"그건 모르지. 내가 아는 건, 이 여자애는 돈을 받고 누군가랑 자는 사람이고, 내 사촌도 뭣도 아니란 거야."

"그리 흔한 일은 아니네."

사뮈엘이 또 평했다.

"뭔가 사정이 있어서 숨어있는 걸지도 몰라."

뤼카가 다시 시도했다.

"근데 왜 우리 집인데?"

뤼카는 브리스의 입장도 생각해 봤다. 어느 날 갑자기 클레르 같은 여자애가 자신의 집에 머무르게 된다면 어떻게 행동할 것인가?

"선택의 여지가 없었을 거야."

뤼카가 힘주어 말했다.

"뭐?"

"그녀가 한 일, 선택의 여지가 없었을 거라고."

"너 방금, 이 사이트 못 봤어? 걔가 나한테 답장했잖아!"

뤼카는 수긍할 수 있는 다른 설명을 찾았다.

"너희 부모님이 너보다 그녀에 대해 더 알고 있을 거야. 만약 너희 부모님이 그녀를 내쫓지 않았다면, 그럴만한 충분한 이유가 있을 거야."

사뮈엘은 침묵하며 흥미롭게 이 절친의 결투를 지켜보았다.

몇 초간 곰곰이 생각한 후에 브리스가 뤼카의 무릎 위에 노트북을 올렸다. 그는 일어나며 말했다.

"그럼 예정대로 로라네에서 보는 거지?"

"어… 어?"

뤼카가 당황했다. 이 상황에서라면 브리스가 어떤 행동을 취할 것이라고만 생각했다. 역할극은 취소되어야 했다.

"좋아, 이따 봐."

그리고 브리스는 형제만 단둘이 남겨둔 채 방을 나갔다.

"여기선 사건들이 벌어지고 있구나."

샘이 중얼거렸다.

"난 죽은 쥐처럼 지루했는데…."

뤼카는 데이트 사이트에서 로그아웃하고 노트북을 닫았다. '백신 프로그램을 돌려야겠어. 온갖 바이러스들이 깔렸을지도 몰라.'라고 생각했다. 그의 영혼이 뒤흔들리는 듯했다. 클레르가 창녀라니, 성매매를 했다니. 이건 사건이다.

그렇지만 브리스가 너무 쉽게 단념했다. 이건 또 다른 사건이다. 그는 이걸 알아차리지 못했다.

"부모님한테는 아무 말 하지 마."

뤼카가 샘에게 부탁했다.

"걱정하지 마, 꼬맹이. 쉿, 조용."

브리스는 오후 2시 30분에 집에 들어갔다.

"클레르?"

이 젊은 여성이 손님방에서 나왔다. 브리스가 함박웃음을 지어 보였다.

"역할극 관련해서 새로운 소식이 있어요!"

클레르가 눈썹을 추어올렸다.

"새로운 소식?"

"그래요."

"그래. 그런데 난 5시까지 돌아와야 해."

5시에 디디에가 역까지 데려다주기로 약속했다. 브리스는 아랑곳하지 않았다.

"돌아올 수 있어요, 로라네는 안 갈 거예요."

"그래?"

"더 특별한 곳을 보여 줄게요. 대신, 추우니까 화끈화끈하게 입고 와야 해요."

브리스는 자기 생각이 드러나지 않게 여전히 미소를 가면처럼 얼굴에 걸고 있었다. 그러면서도 속으로는 악의적으로 '화끈한 여자'의 모습을 떠올리고 있었다.

"1분만 기다릴래?"

"천천히 하세요. 전 밖에서 전화 좀 하고 있을게요."

클레르가 손님방으로 돌아갔다. 돈과 신분증은 매트리스 밑에 감춰뒀다. 건드리지 않는 편이 낫다. 브리스는 핸드폰을 귀에 대고 밖에서 서성이고 있었다. 무슨 말을 하는지는 들리지 않았다.

클레르는 친구에게 서둘러 가고 싶었다. 라운지 사이트를 통해서 친구에게 연락했다. 내일 아침이면 그녀는 모나코에 있을 것이다. 그리고 저녁에는 이탈리아에 도착할 것이다. 그다음이 어떻게 될지는 두고 볼 일이지만.

"어디로 가니?"

"최고로 멋진 곳이요. 마음에 들 거예요."

12

수족

PAIX, SEXE ET AMOUR

뤼카가 현관 벨을 눌렀을 때, 로라는 오븐에서 쿠키 틀을 꺼내고 있었다. 그녀는 오븐 장갑을 벗고, 뤼카에게 문을 열어주고, 볼에 입을 맞추고, 오븐을 껐다. 뤼카는 루푸스를 데려왔다. 루푸스는 뤼카를 앞질러 거실에 들어가 자동으로 소파에 뛰어올랐다. 10초 후에 개는 코를 골기 시작했다.

"일찍 왔네?"

뤼카가 역할극을 하는 테이블에 앉았다. 로라는 그의 옆에 앉았다.

"무슨 일 있어?"

브리스의 성과에 대해 알려줘야 할까? 이걸 성과라고 해야 할까? 뤼카는 혼란스러웠다. 로라가 한 손을 어깨에 올렸다.

"나한텐 뭐든 말해도 돼. 알지?"

용기를 얻은 뤼카는 브리스가 그들에게 보여준 것을 모두 이야기했다. 그는 로라가 성매매 여성들을 찾아보는 남자 친구를 얼간이 취급할 거라고 예상했다. 예상과 달리, 그녀는 여전히 생각 중이었다.

"무슨 생각해?"

뤼카가 그녀에게 물었다.

그 유명한 여성의 직감…. 아마도 바로 그 순간이 방정식에 직감이 대입되는 순간이었을 것이다.

"브리스가 그렇게 떠났어? 예정대로 오겠다고 하고?"

"어. 1분 전만 해도 대박 흥분했었는데 말이야."

"안 올 거야. 허튼짓을 할 거야. 클레르에게 해가 될 일."

"그렇게 생각해?"

"브리스에게 전화해."

뤼카가 바로 핸드폰을 꺼냈다. 신호음이 가는가 싶더니 이내 자동응답 메시지가 들렸다.

"안녕! 브리스임! 지금 못 받음! 문자 해! 빠이!"

"가자!"

로라의 결단은 신속했다.

"어디?"

"브리스네 집"

루푸스가 네발로 몸을 일으켰다. 루푸스도 나쁜 바람이 불어오기 시작한 것을 느꼈다.

5분 후, 그들은 브리스네 집에 도착했다. 현관문이 반쯤 열려있었다. 뤼카가 안으로 머리를 집어넣었다.

"여기요! 누구 없어요?"

아무도 없다. 현관에 진흙 자국이 묻어있었다. 그리고 열린 문 사이로 추위가 집 안으로 들어가고 있었다. 이상한 일이었다.

"이 자동차는 누구 거야?"

로라가 지적했다. 본 적 없는 대형 세단이 농장 옆에 주차되어 있었다. 두 사람은 조심스럽게 차 옆으로 다가갔다. 창문 너머로 보니 아무도 안에 없었다. 뤼카는 보닛에 손을 올렸다.

"엔진이 아직 따뜻해."

그가 차 안을 쳐다봤다. 뒷좌석은 쓰레기로 덮여있었다. 스포츠 신문과 패스트푸드 포장지, 빈 음료수 캔들. 그리고 조수석 서랍이 입을 벌리고 있었다. 그가 차 문손잡이를 잡았다.

"열지 마."

로라가 만류했다. 루푸스가 그들을 향해 맹렬하게 짖고 있었다. 마치 '멍청이들!'이라고 말하는 듯했다. 시간 낭비야! 친구들을 찾아야지! 그들이 위험하다고!

"무슨 냄새가 나?"

루푸스가 돌아서더니 작은 숲을 향해 전속력으로 뛰었다. 뤼카와 로라는 가능한 빨리 강아지를 뒤쫓았다. 어느새 그들이 잘 아는 길로 접어들었다.

"브리스가 귀신의 집으로 클레르를 데려갔나 봐."

뤼카가 목멘 소리로 불쑥 내뱉었다. 로라가 숨을 가다듬었다. 그녀는 확신했다. 길 찾기 수업 때와 똑같았다.

거대한 벽과 악천후에 너덜너덜해진 지붕으로 덮인 농장은 이미 몇 세기 전에 버려진 것처럼 보였다. 브리스는 발로 문을 열어 클레르에게 먼저 들어가기를 권했다. 그녀가 문간에서 멈췄다.

"날 어디로 데려가는 거야?"

"여기가 우리 비밀 공간, 우리 아지트예요. 뤼카와 로라는 곧 도착할 거예요."

클레르는 청소년들이 엉뚱함에선 누구에게도 지지 않는다는 것을 알고 있었다. 그녀 역시 친구들과 제 발로 공동묘지에 가서 겁을 집어먹곤 했다. 그녀와 브리스는 나이 차이가 많이 나는 것도 아니었다.

"지독한 추위네요!"

브리스가 웃었다.

"화로에 불을 피워야겠어요. 분위기가 좋을 거예요."

시간은 흐르고 있고, 역할극은 길어야 1시간 30분이면 끝날 것이었다. 클레르는 마침내 꺼림칙한 기분을 접어두고, 집 안으로 들어갔다.

브리스는 커다란 3개의 방을 지나도록 했다. 마지막 방에서 문을 여닫는데 사용되는 받침대를 옮겼다. 그녀는 어둠 속에서 더욱 불안해졌다. 브리스는 핸드폰으로 손전등을 켰다. 손전등 불빛으로 몇 미터 아래의 벽돌로 된 지하실을 비췄다.

"우리 아지트는 끝에 있어요."

그가 알렸다. 클레르와 브리스는 서로의 얼굴을 뚫어지게 쳐다봤다. '어서'라는 의미로 그가 고개를 까닥했다. 먼저 가. 그러나 그의 침착함은 흩어 사라졌다. 가면은 벗겨졌다. 그는 클레르의 팔을 잡아 지하실로 밀어 넣으려는 실수를 범했다.

그녀는 자기방어에 능했다. 지금 상황에서 유용한 능력이었다. 클레르는 소년의 손목을 잡아채서 인형처럼 휙 돌렸다. 그리고는 팔을 꺾어 그녀 아래 무릎 꿇렸다.

"아야, 아프잖아!"

"사실대로 말하지 않으면 더 아프게 할 거야. 뤼카와 로라는 안 오는 거지, 그렇지?"

"맞아."

"네 계획이 뭐야? 여기에 왜 온 거야?"

어떤 부탁을 하려는 의도였을까? 이거 아니면 저걸 해주면 입 다물게? 아니다. 브리스는 성욕의 노예지만, 그렇게까지 막돼먹은 놈은 아니다. 그는 몸부림치며 빠져나가려고 시도했다. 그녀가 손목을 더 꽉 쥐었다. 그가 울먹이며 비명을 질렀다.

"날 왜 여기에 데려온 거야?"

그녀가 다시 물었다. 그녀는 냉혹한 태도를 유지하기 위해 필사적이었다. 그러나 귀에 들리는 단어들에 그녀는 경악했다. 잠깐 손에 힘이 풀렸다가, 다시 힘을 주어 손목을 잡았다.

"그 사이트에 들어가는 거 다 봤어. 골든보이! 떠오르는 것 없어? 내가 경찰을 불렀어. 넌 우리 집에 있을 사람이 아니야. 내가 처음부터 알아봤어!"

"짭새를 불렀다고?"

"어. 이제 금방 올걸? 각오하시지!"

아까 한 통화가 이거였단 말인가? 늑대들이 자신의 흔적을 찾아올 것이다. 그리고 그녀를 간단하고 깨끗하게 없앨 것이다. 브리스는 알지 못했다. 그렇지만 그가 이제 막 그들을 종착지로 이끌었다. 죽음이라는 종착지.

클레르는 브리스를 놓고 출구로 나갔다. 여권과 돈을 챙겨. 버려두고 도망가. 마음속에서 그렇게 말하는 소리가 들리는 듯했다. 소년은 아픈 손목을 주무르며 몇 걸음 뒤로 물러나 그녀를 따라왔다. 그는 지금 자신을 경계하고 있었다. 지금 다툴 상대가 아니었다. 그녀가 떠나버렸으면. 소년이 원하는 것은 그것뿐이었다.

그녀가 현관 근처에서 멈췄다. 하마터면 브리스가 소리를 낼 뻔했다. 그녀가 입 다물라는 사인을 보냈다. 밖에서 목소리가 들렸다. 두 사람. 남자들. 한 명은 동유럽 억양이었다.

"자동차로 돌아가요."

"우선 이 폐가를 뒤지고."

"다른 곳에 있을지도 모른다고 했잖아요."

"이 길 따라 걷는 걸 봤잖아. 여기 아니면 어디 있을 것 같아? 넌 여기서 망보고 있어. 알았지?"

"네, 사장님. 암요, 사장님."

그리고 금속 부딪히는 소리가 들렸다. 브리스는 셀 수

없는 영화에서 이 소리를 들었었다. 권총 장전하는 소리.

클레르는 뒤꿈치를 들고 뒷걸음쳤다. 브리스의 어깨를 잡고, 함께 움직였다. 그들은 지하실 입구가 있는 세 번째 방으로 돌아갔다.

"저놈들은 누구예요?"

브리스가 물었다. 당차던 목소리가 지금은 추위와 공포로 떨리고 있었다.

"내 숨통을 끊어 놓을 사람들이지. 어쩌면 네 것도."

그들은 폐가 멀리서 들려오는 소음을 들었다. 놈이 건물의 반대편을 살피고 있었다. 그들은 잠깐 휴식을 취할 수 있었다.

"나… 난, 이렇게 될 줄은 몰랐어요."

브리스가 변명했다.

"네 잘못이 아냐. 너희 아빠가 오늘 아침 내 아파트에 가서 물건들을 가져다주셨어. 그놈들은 너희 아빠를 따라서 너희 집까지 온 걸 거야."

"그리고 우리 발자국을 따라 여기까지 왔군요."

클레르는 망을 보는 놈과 분명히 여기로 올 놈 사이에서, 탈출할 가능성을 가늠해보았다. 한구석에 썩은 판자들이 있었다.

"이 지하실, 어디로 연결되니?"

"아무 데로도 안 돼요. 10미터쯤 들어가면 거기서부터 벽이 무너져 있어요."

"핸드폰 줘봐."

브리스는 떨리는 손으로 핸드폰을 건넸다.

"잘 들어. 이게 이제부터 우리가 할 일이야."

뤼카, 로라 그리고 루푸스는 덤불 속에 숨어있었다. 뤼카가 자기 개의 어깨 위에 손을 올리고 있었다. 폭스테리어가 으르렁거렸다. 개가 짖으면, 들킬 게 틀림없다. 그들은 덩치가 분명 총으로 보이는 물건을 장전하고 폐가로 들어가는 것을 보았다. 빼빼 마른 다른 사람은 막 담배에 불을 붙였다.

"저놈들은 누구야?"

로라가 뤼카의 귀 가까이에 다가왔다.

"몰라. 어쨌든 버섯 따러 온 사람들은 아닌 것 같아."

"게다가 버섯 철도 아니지."

그들은 농담을 주고받았지만, 대범한 척할 수 있는 상황은 아니었다. 둘이 같이 있다는 사실에 조금이나마 위안을 받았다.

"클레르랑 브리스가 저 안에 있는 것 같아?"

"저놈들이 하는 말 들었잖아!"

덩치는 무장을 하고 들어갔다. 어서 움직여야 했다.

이 이야기에 질렸다. 아파트 아래 숨어있는 것도 질렸고, 이 숲도, 이 꼬마 여자애를 쫓는 것도 질렸다. 그리고 덩치가 여자애를 죽이면, 시체도 치워야 했다. 그리고 그 어린애는, 그 어린애는 또 어쩐단 말인가? 이 계획은 처음부터 구렸다. 그걸 미리 알아채지 못했다. 이 문제를 해결하고 나면 이집트로 갈 것이다. 이집트의 햇빛이 내리쬐는 풍경, 커다란 수영장을 거니는 조각 같은 여자들이 그를 위로하기 위해 애쓰고 있었다.

겨우 여자애 한 명이었다. 검정 폭스테리어를 데리고, 길 모퉁이에서 나타나, 그에게로 걸어왔다. 쟤는 여기서 뭐 하는 거야, 저거? 그녀가 2미터 앞까지 다가왔다.

"안녕하세요, 아저씨."

어린 여자애가 활짝 웃으며 말했지만 남자의 대답은 냉담했다.

"꺼져."

루푸스가 으르렁거렸다. 뒷 세계에서 잔뼈가 굵은 이 남성은 빠르게 머리를 굴렸다. 만약 이 꼬마 여자애가 총소리를 듣는다면, 클레르의 무덤은 공동묘지가 되어야 할 것이다. 덩치는 진짜 야만적인 놈이지만, 아이를 죽이는 건 웬만하면 피하고 싶었다.

"네 갈 길 가. 얼른! 꺼져!"

"왜요?"

어린 여자애가 천진난만하게 물었다. 그는 가짜 경찰 신분증을 꺼내서 그녀가 상관할 일이 아니라고 알리려고 했지만, 그럴 수 없었다. 단단한 나무 막대기가 그의 두개골을 때렸다. 그는 정신을 잃고 털썩 쓰러졌다.

"성공!"

뤼카가 기고만장하며 삽자루를 옆으로 치웠다.

"쉿, 아직 집 안에 나쁜 사람이 있어."

로라가 상기시켰다. 그들의 말을 뒷받침이라도 하듯이, 두 발의 총성이 들렸다. 그리고 다시 두 발의 총성이 따라 들렸다. 사형 집행처럼.

덩치는 위층으로 기어 올라가는 위험은 감수하지 않았다. 그의 몸무게라면, 바닥을 뚫고 떨어질 것이다. 계단은 그를 지탱할 수 없어 보였다. 그는 1층을 탐색했다. 방마다 시간을 들여 살펴보았다. 마지막 방에서 여성 향수 냄새가 났다. 그는 자신이 틀리지 않았다는 것을 알았다.

"여기 있는 거 알아. 숨어봤자 소용없어."

그가 큰소리로 외쳤다. 판자들은 한구석에 쌓여있었다. 다른 문은 살짝 열려있었다. 그가 문을 향해 쐈다. 천장 아래 복도 끝에서 불빛이 번쩍였다. 그의 덩치로 이 좁은 길을 지나려면, 몸을 숙이는 수밖에 없었다. 그는 팔꿈치까지 몸을 숙이고 가서…… 핸드폰과 마주쳤다. 손전등 기능이 켜진 핸드폰. 속임수…….

되돌아가려고 몸을 일으켰을 때, 문이 닫혀 있는 것을 발견했다. 그는 함정에 빠졌다.

그는 두 발을 쏴서 판자 하나에 구멍을 냈다. 다른 판자들이 지지대와 함께 문을 막고 있었다. 그는 다시 두 발을 쐈다. 나무 떨어지는 소리가 들리고 문이 보이자, 발로 차서 문을 부쉈다. 그리고 클레르와 브리스를 쫓기 위해 급히 달려나갔다. 클레르와 브리스는 사슴처럼 뛰었다. 그러나 그렇게 빠르진 않았다.

브리스는 밖으로 빠져나왔다. 하지만 클레르는 운이 없었다. 따라잡은 덩치가 그녀의 목도리를 잡아챘다. 빠져나오려고 했지만, 그가 그녀의 목을 졸랐다. 그들은 마치 터무니없는 춤을 추는 것 같았다. 터무니없는 춤을 추며 문간으로 그리고 집 앞으로 나왔다. 브리스, 뤼카와 로라가 경악하며 이 광경을 보고 있었다.

그리고 갑자기 경찰차가 나타났다. 다섯 명의 경찰이 차에서 내려, 순간 행동을 멈춘 덩치를 둘러쌌다. 그는 총구를 클레르의 관자놀이에 가져다 댔다. 눈으로 주위를 훑었다. 그는 자기 부하를 발견했다. 부하는 땅에 쓰러져 있었다. 졌다.

"무기를 내려놔."

가장 높아 보이는 경찰이 충고했다. 한 손으로는 벨트를 잡고 있었다. 덩치가 머리를 좌우로 까닥였다. 미친 짓이었다. 그는 손을 내렸다.

클레르는 자유다. 그녀가 아이들을 향해 뛰어갔다. 아이들은 그녀에게 매달렸다. 루푸스는 끝없이 그녀의 손을 핥았다.

덩치가 자신의 무기를 내려놓았다. 책상다리를 하고 땅에 주저앉았다. 낙심한 듯 보였다. 경찰들은 그와 그의 공범에게 수갑을 채웠다. 공범은 여전히 뻗어 있었지만 조금씩 정신을 차렸다. 그는 망연자실하여 사방을 둘러보았다. 그의 머리에 혹이 나 있었다. 경찰은 그들을 경찰차에 태웠다.

경관이 생존자들에게 다가왔다. 그는 쪼그려 앉아 아이들과 눈높이를 맞췄다.

"신고한 사람은 누구죠?"

"저요."

브리스가 손을 들었다. 브리스는 자신의 잘못된 생각이 그들의 목숨을 살렸다는 것을 깨달았다.

"그럼 당신이 클라라인가요?"

그가 이 아름다운 소녀에게 눈을 고정한 채 물었다. 그녀는 경찰의 시선을 똑바로 마주하면서 대답했다.

"클라라가 아니에요. 클레르예요."

에필로그

두 달 후

알베르 카뮈 중학교의 조회대는 정돈된 진짜 전투 무대
였다. 2월 초, 학생들은 밀가루부터 면도 거품까지 서로에
게 뿌려대며 이날을 기념했다. 통학버스 운전사들은 학생
들이 온몸을 깨끗이 털어내기 전까지는 버스에 올라타지
못하도록 했다. 명령이었다. 브리스가 탄 버스의 운전사는
브리스를 머리부터 발끝까지 살핀 후에야 버스에 태웠다.

　"브리스, 괜찮니?"

　그가 브리스에게 물었다.

　"네, 아저씨 왜요?"

　평상시라면, 브리스는 가장 주의 깊게 살펴야 하는 학생
이었다. 그러나 지난 개학 이후, 그가 문명인이 되었다. 게

다가 버스 뒷좌석은 훨씬 조용해졌다.

"아무 일도 아니야. 가서 앉아라."

브리스는 맨 뒷줄 자신의 지정석에 앉았다. 로라와 뤼카는 없었다. 둘은 훨씬 일찍 수업이 끝났다. 테오는 브리스의 앞줄에 앉았다. 6학년생들이 그가 핸드폰으로 보여준 영상들을 보면서 웃음을 터뜨렸다.

브리스는 부모님 신경이 곤두서 있다는 것을 알아챘다. 당연했다. 디디에와 마리로르는 그날 저녁 베네치아로 가는 비행기를 타기로 되어있었다. 단둘이 사랑의 도시에서 일주일을 보내기로 했었다. 디디에는 이 문제에 대해 약간 주저하고 있었다. 서로 사랑하기 위해 반드시 이 관광객의 성지에 갈 필요가 있을까? 그러나 마리로르는 그들이 함께 했던 처음 순간부터 베네치아에 가는 것을 꿈꿨었다.

브리스는 역에 내려주고 바르[1]로 가는 기차에 태울 것이다. 브리스는 친가 조부모 댁에서 일주일을 보내게 될 것이다. 그건 브리스에게 별문제가 되지 않았다. 조부모님들은 와이파이가 빵빵한 아파트에 살고 있다. 무려 광랜이 깔려 있다, 광란의 광랜.

"짐 다 챙겼니?"

---

1 프랑스 남동부 해안에 위치한 데파르트망.

엄마가 같은 질문을 벌써 열 번째 하고 있다.

"네, 엄마."

"확실해? 잊어버린 것 없어?"

"없어요, 엄마."

그녀가 갑자기 식탁을 손으로 내리치며 외쳤다.

"내 귀마개!"

그녀가 다시 욕실로 들어가고, 디디에는 도저히 잠을 잘 수가 없었다.

아내의 눈에는 거슬렸지만, 디디에는 정반대로 차분하고 너그럽게, 마치 그리스 신처럼 행동했다. 그는 아들에게 크로크므시외[2]를 만들어 주고, 그와 함께 식탁에 앉았다.

"엄마 아빠는 안 드세요?"

"너희 엄마가 비행기 때문에 긴장하고 있어. 엄마를 정신적으로 지지하는 의미로 나도 금식하기로 했다."

브리스는 아무 말 없이 크로크므시외를 먹었다. 그는 그들의 모험에 대해서 생각했다. 여러 사건이 아주 최근 일인 것도 같고, 아주 옛날 일인 것도 같았다.

경찰이 나타나고 난 후, 그들을 죽이려고 했던 남자들을 다시 볼 일은 없었다. 클레르도 마찬가지다. 부모님은 경찰서에 몇 번이나 출두했다. 그러나 그들은 아무것도 말하지

2　식빵 위에 치즈, 달걀, 햄 등을 얹어서 오븐에 구운 프랑스식 토스트 요리.

않았다.

"클레르 소식 들으셨어요?"

브리스가 토스트를 먹으며 물었다.

"내가 어떻게 알겠니?"

브리스가 어깨를 으쓱해 보였다.

"뭐… 모르죠. 이리저리….."

"임시 거처에 있대. 때가 되면, 증언하러 갈 거다."

"우리도요?"

"응, 우리도. 하지만 시간이 걸릴 거야."

"알았어요."

언젠가 그녀를 다시 만나고 싶다. 클레르는 좋은 여자애
였다. 그녀가 안전하다니 안심이다.

"성매매 여성이라는 것 알고 계셨어요?"

"응."

디디에가 솔직하게 대답했다.

"그리고 위험에 처해 있다는 것도 알았지."

"왜 아빠 승합차에 숨어든 거예요?"

"내가 있던 호텔에서 뭔가를 봤대."

"뭘요?"

"안 물어봤어. 너도 알려고 하지 마. 이제 다른 이야기나
하자, 알겠니?"

디디에가 식탁에 널브러진 베네치아 여행 책자를 펼쳤다.

"자, 선물로 뭘 사다 줄까? 가면?"

"웩!"

"곤돌라 장난감?"

"제정신이에요?"

"여동생?"

브리스는 계속 아빠의 말을 듣느니 차라리 세상을 하직하고 싶었다.

"아니면 남동생?"

디디에가 표정 하나 바꾸지 않고, 여행 책자를 보며 말했다. 마치 막 성별을 지정해서 아이를 살 수 있는 상점을 찾은 것처럼 말이다.

"남동생도, 여동생도 됐어요. 제발요."

브리스가 간청했다. 아빠가 장난을 치는 건지, 진지하게 말하는 건지 알 수 없었다.

디디에는 태연한 척하다 결국 웃음을 터뜨렸다. 브리스는 아빠에게 뛰어올라 태클을 걸려고 했지만 실패했다.

그들은 한 시간 후에 조부모 댁으로 떠날 것이다. 브리스는 떠나기 전 뤼카에게 인사를 하고 싶었다. 엄마에게 시간에 맞춰 돌아오겠다고 맹세를 하고, 뤼카네로 갔다. 그녀는 그날 이후, 아들을 밖에 보낼 때마다 걱정이 되었다.

뤼카는 방에 있었다. 뤼카는 열정적으로 지도에 색칠하고 있었다.

"설마 그거 내가 모르는 숙제야?"

브리스가 당황하며 물었다.

"아니야. 이건 '가운데땅' 지도야. 반지의 제왕 몰라? 프로도, 사우론, 그리고 악의 무리."

브리스의 당황한 얼굴을 보며 그가 설명했다.

"롤플레잉 게임을 샀어. 로라랑 같이하려고. 교대로 말을 움직이는 방식이지. 끝내줄 거야!"

브리스가 뤼카의 책상에 팔꿈치를 올리고, 사슴 같은 눈으로 뤼카를 응시했다.

"너 정말 사랑에 빠졌구나?"

"우린 서로 잘 맞아, 그게 다야."

"그녀만의 친절한 호빗이 되겠다는 거군!"

뤼카가 한숨을 내쉬었다.

"그냥 게임이야."

"콘돔 쓰는 것 잊지 마."

브리스가 너그럽게 빈정거렸다.

브리스는 이제 서툰 조언은 하지 않는다. 그래서인지 그는 좀 더 홀가분해졌다. 브리스는 다양한 미덕을 새로 발견했다. 여태 얕잡아보기만 했던, 이성을 존중하는 방법. 자신을 과도하게 내세우지 않고 낮추는 방법. 무엇보다, 여자애들은 남성의 욕망을 채워주기 위해서 존재하는 것이 아니라는 것을 깨달았다. 그렇지만 아직은 모자라다. 뤼카는 프로도가 트롤에게 덤벼드는 것처럼 재빠르게 달려들어 브리스를 바닥에 때려눕혔다. 이번만은 브리스도 용서를 구했다.

고속 열차의 이중창 뒤로 풍경들이 빠르게 지나갔다. 엄마 아빠는 비행기 안이겠지. 부모님이 화해해서 다행이지만, 사이가 좋아지면서 육체적인 관계에만 집중하는 것이 불안했다.

"여동생은 안 돼요."

브리스는 기계적으로 반복했다.

"여동생은 안 돼요."

그는 이 생각을 떨쳐버리려고 핸드폰을 켰다. 부드러운 입술 아이콘 어플은 여전히 거기에 숨겨져 있었다. 그는 두 번 생각 않고 어플을 지웠다. 냉정하고, 단호하게. 알 스워렝겐이 아바의 품에 안겨 유언으로 '안녕.' 한 마디만 남긴 것처럼. 이것이 품위다.

그리고 문자를 쓰기 시작했다. 수신자는? 당연히 에믈린이다. 4학년에, 안경을 썼고, 부드럽고 매력적인 그녀. 그녀는 단검의 날처럼 신랄하게 브리스와 맞섰다. 그녀는 달변가인 브리스를 끝까지 몰아붙였다. 쉬는 시간 운동장에서 일어난 그들의 논쟁은 유명했다.

그들은 중학교 옆에 있는 빵집 뒤에 숨어 첫 키스를 했다. 브리스는 아무에게도 말하지 않았다. 뤼카에게조차. 그날 이후, 그녀와 함께 있을 때면 시간이 다르게 흘렀다. 그는 별일 없이 겁이 났고, 두려웠다. 그들은 환하게 웃는 이모티콘을 주고받았다. 만약 친구들이 이걸 봤다면 뭐라고 할까?

"알 게 뭐야!"

브리스는 뭉클해진 가슴으로 사랑의 문자를 전송했다.

펑섹사 평화, 섹스 그리고 사랑

에르베 위베르 지음 | 이나래 옮김

초판 인쇄일 2018년 10월 26일 | 초판 발행일 2018년 11월 5일

펴낸이 조기룡 | 펴낸곳 내인생의책 | 등록번호 제10-2315호

주소 서울특별시 서초구 나루터로 60 정원빌딩 A동 4층

전화 (02)335-0449, 335-0445(편집), 512-0449(디자인) | 팩스 (02)6499-1165

전자우편 bookinmylife@naver.com

편집 김정민 하빛 | 디자인 위하영

ISBN 979-11-5723-424-0

이 도서의 국립중앙도서관 출판예정도서목록(CIP)은
서지정보유통지원시스템 홈페이지(http://seoji.nl.go.kr)와
국가자료공동목록시스템(http://www.nl.go.kr/kolisnet)에서 이용하실 수 있습니다.
(CIP제어번호 : CIP 2018033200)